FOLIOTHÈQUE

Collection dirigée par

Bruno Vercier

Maître de conférences

à l'Université de

la Sorbonne Nouvelle - Paris III

Jean-Jacques Rousseau

Les Confessions

par Jean-François Perrin

Jean-François Perrin

présente

Les Confessions

de Jean-Jacques

Rousseau

Gallimard

Jean-François Perrin est maître de conférences à l'Université Stendhal-Grenoble III. Il a publié *Le Chant de l'origine : la mémoire et le temps dans « Les Confessions » de J.-J. Rousseau*, Voltaire Foundation, Oxford, 1996, ainsi que divers articles sur la mémoire affective avant Proust.

À mes parents

LISTE DES ABRÉVIATIONS

OC	*Œuvres complètes de J.-J. Rousseau,* 5 vol., Gallimard, Bibliothèque de la Pléiade, 1959-1995.
CC	*Correspondance complète de Jean-Jacques Rousseau,* établie par R.-A. Leigh, 53 vol., Voltaire Foundation, Oxford, 1965-1995.
AJJR	*Annales de la Société Jean-Jacques Rousseau.*
RHLF	*Revue d'histoire littéraire de la France.*
RSH	*Revue des sciences humaines.*

Les références aux *Confessions* renvoient à l'édition Folio (1995).

INTRODUCTION

> *J'écrivais mes premières* Confessions *et mes* Dialogues *dans un souci continuel sur les moyens de les dérober aux mains rapaces de mes persécuteurs pour les transmettre s'il était possible à d'autres générations.*
>
> *Rêveries, OC I,* p. 1001.

Rousseau écrit hanté par l'idée que ses adversaires diffusent une version falsifiée de sa vie et de sa pensée, avec « l'art inconcevable de rendre le public complice de leur complot, sans qu'il s'en doute lui-même » (p. 698) ; « je suis autre », répond-il, entreprenant de faire voler en éclats la cohérence menteuse du récit adverse, par un examen exhaustif de son histoire ; mais dans cette entreprise, il doit tenir le plus grand compte de l'attente de son époque en matière de Mémoires ou de récits à la première personne, car elle implique des habitudes de lecture antinomiques avec ce qu'il a à dire ; il doit donc former ses lecteurs : jamais avant lui, sans doute, ce souci de la lecture, comme pratique et production du sens dans un horizon de réception déterminé, n'avait joué un tel rôle fonctionnel dans une œuvre ; au-delà du fameux « pacte autobiographique » où d'autres l'avaient précédé, c'est une négociation permanente que l'auteur mène ici avec son lecteur, une négociation dont l'enjeu profond est sa collaboration, puisqu'il le laisse en charge de l'interprétation des « éléments » qui lui sont présentés et du jugement qui doit en résulter.

Découlant de son système général, cette anamnèse de son histoire intérieure, où il pense livrer les clefs de son histoire publique, repose aussi sur la mise en œuvre de sa mémoire profonde, qui lui permet de faire pénétrer le lecteur dans sa vérité intime, inaccessible à ses adversaires, en même temps qu'elle englobe l'écriture de l'aveu dans la dynamique de la reviviscence. Mais c'est en même temps l'art d'écrire le temps retrouvé qui s'invente ici ; et l'on étudiera donc comment la chaîne des « affections secrètes » et des « retours du passé » relie ce que la chronologie disjoint, instaurant une circularité généralisée qui confère à l'écriture, notamment dans ce microcosme qu'est le livre I, l'allure d'un palimpseste parfois vertigineux, au fond duquel on retrouve toujours l'« imaginaire mémorial » d'un grand poète formé dès l'enfance par la littérature.

« Composons », propose Rousseau au lecteur vers le milieu du livre I (p. 52) : dans toutes ses virutalités tactiques et artistiques, la formule est à saisir comme un fil d'Ariane pour la lecture, permettant peut-être de mieux comprendre un art de composer supérieurement avec les formes héritées du passé, avec l'attente du public, avec le temps et la mémoire enfin, pour la sauvegarde du message sans précédent dont *Les Confessions* se disent porteuses : l'ambition de cet essai serait simplement d'en faciliter l'approche.

I « LES CONFESSIONS » DANS LEUR CONTEXTE

> [...] *ses* Confessions *qu'ils appellent ses* Mémoires.
>
> *Dialogues, OC I,* p. 902.

Si *Les Confessions* ont incontestablement inspiré — pour le meilleur et pour le pire — l'autobiographie moderne[1], les réduire à cet enjeu serait restreindre considérablement leur portée, d'autant qu'il n'est pas même certain que la notion toute laïque d'autobiographie, définie comme « histoire de la personnalité », puisse s'appliquer rétroactivement à un texte où l'auteur demande qu'on déchiffre l'« histoire de [son] âme » à travers celle des « événements de sa vie », s'inscrivant ainsi à l'intersection de deux genres fort anciens : les Mémoires et la confession. C'est par l'examen des filiations qui relient ce texte aux genres et aux formes en usage sous l'Ancien Régime — essais, caractères, traités de la connaissance de soi, Mémoires, romans à la première personne, « vies », confessions ou journaux de piété, etc. — qu'on saisira à la fois ce qu'il doit à la tradition (y compris en matière de « récit d'enfance ») et ce qui n'appartient qu'à lui (qui ne se réduit pas à l'invention de l'autobiographie).

1. Philippe Lejeune, *L'autobiographie en France*, A. Colin, 1971, p. 65 ; cf. également *Le pacte autobiographique*, Le Seuil, 1975.

A. DE QUELQUES FILIATIONS

«BARBARUS HIC EGO SUM[1]»

«Quel monstrueux orgueil que celui d'un homme qui s'estime assez lui-même, et méprise assez le public pour l'entretenir gravement des fadaises de son enfance et des débauches de sa jeunesse», écrivait le rédacteur de l'*Année littéraire*[2] en 1783. Cette réaction virulente à la publication en mai 1782 de la première partie des *Confessions* démontre combien Rousseau avait raison de craindre l'effet sur ses lecteurs des « longs détails de [sa] première jeunesse» (p. 229); on lui reproche en effet implicitement d'avoir sali son titre augustinien par manque d'humilité, en même temps que d'avoir manqué à l'éthique des Mémoires en importunant les lecteurs « de bagatelles qui n'ont pour eux aucun intérêt[3]»; La Harpe y lisait d'ailleurs une héroïsation dérisoire : « Les détails de son enfance n'ont rien de remarquable que la sérieuse attention qu'un homme de soixante ans a pu mettre à rappeler ce qu'il a fait depuis six jusqu'à douze, comme l'histoire rappelle quelques-uns de ces traits particuliers qui ont marqué le commencement des grands hommes[4]. »

On saisit bien ainsi combien l'ouvrage dérangeait la partie du public formée par l'esthétique classique du « détail inutile» (Boileau) et son mépris des intimités du moi — le moi roturier tout particulièrement[5]. C'est en effet une rupture frontale avec les

1. *Barbarus hic ego sum quia non intelligor illis* (on me tient pour barbare parce qu'on ne me comprend pas), Ovide ; épigraphe du premier *Discours* et des *Dialogues*.

2. Cité *in* F. Orlando, « La découverte du souvenir d'enfance au premier livre des *Confessions* », *AJJR*, vol. XXXVI (1966-1968), p. 153.

3. *Ibid.*

4. *Ibid.*, p. 154.

5. Sur la réception des *Confessions* en France et à l'étranger, voir Dossier, p. 175.

genres classiques que ce barbare fort cultivé recherchait en écrivant le premier préambule (finalement rejeté) des *Confessions* : « [...] car je ne connais jusqu'ici nul autre homme qui ait osé faire ce que je me propose. Des histoires, des vies, des portraits, des caractères ! Qu'est-ce que tout cela ? Des romans ingénieux [...] bâtis sur quelques actes extérieurs, sur quelques discours qui s'y rapportent, sur de subtiles conjectures où l'auteur cherche bien plus à briller lui-même qu'à trouver la vérité[1]. »

Mais si c'est reprendre le geste des moralistes que de débusquer le portrait flatté de l'amour-propre dans la prétendue peinture de soi, c'est sur la notion de « caractère », « pierre angulaire de l'anthropologie classique[2] », qu'il attaque cette dernière : « Pour bien connaître un caractère il y faudrait distinguer l'acquis d'avec la nature, voir comment il s'est formé, quelles occasions l'ont développé, quel enchaînement d'affections secrètes l'a rendu tel, et comment il se modifie pour produire quelquefois les effets les plus inattendus. Ce qui se voit n'est que la moindre partie de ce qui est ; c'est l'effet apparent dont la cause interne est cachée et souvent très compliquée[3]. »

Rien de très neuf en apparence, pour qui a lu Mme de La Fayette — « Ce qui paraît n'est presque jamais la vérité » —, Malebranche — « La conscience que nous avons de nous-mêmes ne nous montre peut-être que la moindre partie de notre être[4] » —, François Lamy : « Ç'a été de nos jours une grande question, que de savoir s'il y a des

1. Voir Dossier, p. 165.

2. Elle remonte à Aristote *(Éthique à Nicomaque)* et à Théophraste *(Caractères)*. Cf. L. Van Delft, *Littérature et anthropologie. Nature humaine et caractère à l'âge classique*, PUF, 1993, p. 22.

3. Voir Dossier, p. 165.

4. Malebranche, *Recherche de la vérité*, in *Œuvres I*, Gallimard, Bibliothèque de la Pléiade, 1979, p. 350.

pensées auxquelles on ne pense point[1] », et surtout Montaigne : « Ce n'est pas tour de rassis entendement de nous juger simplement par nos actions de dehors ; il faut sonder jusqu'au dedans, et voir par quel ressort se donne le branle[2]. » Or c'est précisément là que tout bascule, puisque chez Montaigne « nous n'avons aucune communication à l'être[3] », tandis que Rousseau pose une « vérité de la nature », et puisque tous les traités de la connaissance de soi-même[4] font remonter la naissance de l'amour-propre à la Chute, alors qu'il y voit lui un produit de l'Histoire ; étudiant son « caractère », il remontera donc des « effets apparents » au « modèle intérieur » (*OC I*, p. 1149), selon le geste fondateur de son anthropologie : retrouver en soi « les premières et plus simples opérations de l'âme humaine » (*OC III*, p. 125), comme point de départ à l'étude de son altération par la société.

1. *De la connaissance de soi-même*, t. IV, Paris, 1701, p. 374.

2. Montaigne, *Essais*, II, I, Gallimard, Bibliothèque de la Pléiade, 1950, p. 374.

3. *Ibid.*, II, 12.

4. Outre Nicole, F. Lamy, et bien d'autres, voir le protestant Jacques Abbadie : *L'art de se connaître soi-même* (1962), régulièrement réédité jusqu'au milieu du XVIIIe siècle.

MÉMOIRES, CONFESSION, ROMAN DEPUIS 1650

Traité fort peu classique de la connaissance de soi, ses *Confessions* seront aussi les Mémoires d'une âme de qualité, qui revendique ainsi ses titres à témoigner de son temps : « et qu'on n'objecte pas que n'étant qu'un homme du peuple je n'ai rien à dire qui mérite l'attention des lecteurs. Cela peut être vrai des événements de ma vie : mais j'écris moins l'histoire de ces événements que celle de l'état de mon âme, à mesure qu'ils sont arrivés. Or les âmes ne sont plus ou moins illustres que selon qu'elles ont des sentiments plus ou moins grands et nobles, des idées plus ou moins vives et nombreuses » (premier préambule)[1]. C'est d'ailleurs une puissance qui parle, un acteur de premier plan : « si je n'ai pas la célébrité du rang et de la naissance, j'en ai une autre qui est plus à moi et que j'ai mieux achetée ; j'ai la célébrité des malheurs. Le bruit des miens a rempli l'Europe » *(ibid.)* ; si bien qu'au bout du compte l'Histoire exige son témoignage : « tous ont enfin compris que j'avais mieux connu qu'eux ce siècle savant et philosophe [...] Les faits sont publics, et chacun peut les connaître ; mais il s'agit d'en trouver les causes secrètes. Naturellement personne n'a dû les voir mieux que moi ; les montrer c'est écrire l'histoire de ma vie » (premier préambule, *OC I*, p. 1151).

1. Voir Dossier, p. 166.

Écrire son histoire, c'est donc aussi témoigner de son temps en acteur privilégié ; en soi l'idée n'est sans doute pas originale ; d'après Marc Fumaroli en effet, la conjonction d'une histoire individuelle avec le témoignage sur l'Histoire remonte aux Mémoires écrits après 1650, qui seront publiés pour la plupart dans le premier tiers du XVIIIe siècle : « C'est seulement pendant la Fronde, au moment où Robert Arnauld d'Andilly publie sa traduction des *Confessions* de saint Augustin, que l'aspect " *Commentaires* de César " des Mémoires d'épée fusionnera pleinement avec l'aspect " *Confessions* chrétiennes " des Mémoires de robe[2]. » Ceux du cardinal de Retz, qui furent réédités une vingtaine de

2. M. Fumaroli, *La diplomatie de l'esprit*, Hermann, 1994, p. 241.

fois au XVIIIe siècle, se présentent d'ailleurs comme une sorte de confession générale, quoique toute profane, puisque adressée à une Dame : « Le caprice de la fortune m'a fait l'honneur de beaucoup de fautes et je doute qu'il soit judicieux de lever le voile qui en cache une partie. Je vas cependant vous instruire nuement et sans détour des plus petites particularités, depuis le moment que j'ai commencé à connaître mon état ; et je ne vous cèlerai aucunes des démarches que j'ai faites en tous les temps de ma vie[1]. » Quant à Bussy-Rabutin, pourtant peu suspect de haute dévotion, il parle explicitement de confession : « Ces mémoires [...] composeront une histoire de moi si véritable, et particularisée, que je la pourrais appeler confession générale, si je ne disais quelquefois du bien comme du mal[2]. »

C'est également à partir de cette époque qu'on note « le rapprochement de ce genre sévère avec le roman et la nouvelle qui, sous son influence, s'étaient peu à peu orientés vers la simplicité et la vérité[3] ». René Démoris[4] et Marie-Thérèse Hipp ont suivi de près cette évolution à partir notamment des *Mémoires* de Pontis, lesquels sont rédigés à la première personne, nouveauté riche de développements futurs pour l'orientation du genre en direction des pseudo-Mémoires romanesques du XVIIIe siècle. Mémoires et roman ont donc tendance à se rapprocher, voire à échanger leurs titres ; ainsi « c'est proprement des Mémoires » que *La Princesse de Clèves* selon Mme de La Fayette[5], mais dans un sens très nouveau puisque avec elle c'est

1. Cardinal de Retz, *Œuvres*, Gallimard, Bibliothèque de la Pléiade, 1984, p. 127.

2. Cité *in* M.-T. Hipp, *Mythes et réalités. Enquête sur le roman et les Mémoires (1660-1700)*, Klincksieck, 1976, p. 187.

3. M. Fumaroli, *op. cit.*, p. 242.

4. R. Démoris, *Le roman à la première personne, du classicisme aux Lumières*, A. Colin, 1975.

5. Lettre du 16 avril 1678 à Lescheraine.

en même temps une nouvelle manière de concevoir le romanesque qui va s'imposer : « Le domaine de ce roman nouveau [...] ce sont les mouvements intimes et involontaires du cœur [...] ; l'enchaînement des faits le cède à la succession des états de sensibilité [...], ils refusent de se limiter aux dehors d'une vie, la vérité des événements n'est pas leur fait ; ils s'efforcent surtout d'atteindre la vérité des sentiments[1]. » Ce sera encore le domaine de Rousseau : « je n'ai qu'un guide fidèle [...] c'est la chaîne des sentiments qui ont marqué la succession de mon être, et par eux celle des événements » (p. 348).

1. M.-T. Hipp, *op. cit.*, p. 470.

ROMAN-MÉMOIRES, ROMAN PICARESQUE

La fusion des genres prend toute son ampleur au XVIIIe siècle, avec la vogue des pseudo-Mémoires romanesques, dont on relève plus de deux cents exemples de 1700 à 1750, selon Georges May[2] ; concernant leur influence sur Rousseau, on n'a que l'embarras du choix : par exemple, le livre VII raconte comment les très libertines *Confessions du Comte de* *** lui sont données en guise de bréviaire par la jeune Mme de Broglie, et comment leur auteur devait devenir l'un de ses meilleurs amis (p. 362). Le *Cleveland* de Prévost fut lu « avec fureur » à Chambéry (p. 282) et son atmosphère tragique transparaît en filigrane de la seconde partie des *Confessions*, quand le narrateur s'y décrit « perdu dans la mer immense de [ses] mal-

2. G. May, *Le dilemme du roman au XVIIIe siècle*, New Haven-Paris, 1963, p. 52-53.

heurs (p. 648) ; Rousseau a d'ailleurs personnellement connu l'abbé, dont il fait l'éloge au livre VIII (p. 456) ; quant à Marivaux, qui lui a fait l'honneur d'amender son *Narcisse*, sa *Vie de Marianne* est un de ses romans préférés ; ainsi, quand il entreprend d'analyser la logique « cachée et souvent très compliquée » (*OC I*, p. 1149) des processus intérieurs, il n'est pas sans prédécesseurs de marque sur cette voie, parmi ceux qui s'attachent « à développer aussi exactement les facultés du cœur que Descartes et Malebranche ont fait de celles de l'esprit », car ils savent que « les sentiments sont peut-être aussi capables de variété et de division que les pensées[1] », comme l'écrit Prévost dans *Le pour et le contre* à propos de *La vie de Marianne* ; c'est d'ailleurs entre 1760 et 1764, à une époque voisine de celle où Rousseau va se lancer dans son entreprise, qu'il publiera son *Monde moral* où, écrit Jean Sgard, « il voudrait retrouver derrière chaque comportement social, le " principe ", la postulation première qui explique une vie » ; en voici l'ouverture : « J'accuse les hommes de s'arrêter au dehors, dans la maligne recherche qu'ils font des ridicules et des vices, et de ne pas pénétrer jusqu'à la source du mal, qui réside ordinairement dans le cœur. Mais pénétrer dans le cœur, qui passe pour impénétrable ! Oui ! si malgré le préjugé commun, des routes secrètes, ménagées par la nature en ouvrent l'accès à ceux qui peuvent les découvrir[2]. » N'est-ce pas là se trouver bien près de Rousseau, au moins dans le programme et le ton ?

1. Cité *in* Jean Sgard, *Vingt études sur Prévost d'Exiles*, Ellug, Grenoble, 1995, p. 70.

2. Cité *in* Jean Sgard, *Prévost romancier*, J. Corti, 1989, p. 568.

Revenons à Marivaux : Jean Rousset a montré que ses romans reposaient sur la technique narrative du « double registre » : « Marianne est à la fois celle qui vit ses aventures et celle qui les raconte ; elle hérite seule de la double part du héros et du narrateur, qui étaient jusque-là distribués à des personnes séparées [...] ; à la fois complice et détachée, elle est en mesure d'interpréter et de traduire en clair ce que son cœur vivait confusément[1]. » Cette technique est aussi celle de Rousseau : « je peindrai doublement l'histoire de mon âme, savoir au moment où l'événement m'est arrivé et au moment où je l'ai décrit » (*OC I*, p. 1154), à cette réserve près qu'il interroge les actes et les pensées de son personnage passé plus qu'il ne les explique, laissant cette interprétation à la charge de son lecteur ; pour autant, c'est un des grands charmes des *Confessions* que l'ironie amusée avec laquelle il s'observe tout en se racontant, par exemple lorsqu'il se décrit en « Berger extravagant » au livre IX, ou qu'il constate au livre XI son inexplicable tranquillité quand tout devrait lui suggérer que l'*Émile* va faire scandale.

C'est quand il est question des égarements de sa jeunesse que cette distanciation est la plus manifeste, sans doute parce que intervient là un autre champ d'influence : le roman picaresque, à propos duquel René Démoris observe à partir de 1700 « un renouveau d'intérêt, contemporain de l'apparition des pseudo-Mémoires[2] ». La coïncidence est intéressante puisque, comme eux, il s'écrit à la première personne et sur le mode rétrospectif, et qu'il joue lui aussi sur les ressources du

1. J. Rousset, *Formes et signification*, J. Corti, 1976, p. 51.

2. R. Démoris, *op. cit.*, p. 340.

double registre. Rousseau a lu *Gil Blas* dans sa jeunesse (p. 225), et les *Dialogues* citent le *Lazarillo de Tormès*, prototype d'un genre dont les marques sont aisément reconnaissables dans les *Confessions*, surtout dans la première partie. Orphelin, déclassé, vagabond, menteur, voleur à l'occasion, couchant où il peut, affamé, instable, « tantôt héros et tantôt vaurien », tâtant de tous les métiers et de tous les milieux, de la Tribu à Mme de Warens et du pasteur Lambercier à l'Archimandrite, le jeune Rousseau a bien des traits du *picaro*, on l'a souvent remarqué depuis André Maurois, qui le voyait en « Gil Blas sentimental », jusqu'à Lucie Picard qui trouve dans les *Confessions* « un picaresque intériorisé[1] ». Mais si la vision picaresque du monde colore son récit, notamment dans sa dimension satirique, elle est étrangère à son éthique et à son objet ; sans doute la logique du choc des extrêmes et des soudains retournements caractéristiques du genre, a-t-elle permis à Rousseau d'évoquer ses folies et ses excès dans un code assimilable pour son lecteur, à charge pour l'auteur de l'intéresser à cette logique des « affections secrètes » où il voit la véritable clef de ses égarements ; ce n'est pas par hasard si le livre IV, un des plus picaresques des *Confessions*, est ainsi introduit : « Ce sont les plus grandes extravagances de ma vie, et il est heureux qu'elles n'aient pas plus mal fini. Mais ma tête, montée au ton d'un instrument étranger, était hors de son diapason : elle y revint d'elle-même ; et alors je cessai mes folies, ou du moins j'en fis de plus accordantes à mon naturel » (p. 177).

1. L. Picard, « Le picaresque dans les six premiers livres des *Confessions* », *Mélanges J. Mourot*, Presses universitaires de Nancy, 1982, p. 327.

DU RÉCIT D'ENFANCE JUSQU'À ROUSSEAU

On affirme toujours que le récit d'enfance n'existe pas en littérature avant Rousseau ; Nicolas Bonhôte résume cela ainsi : « Ni les modèles existants d'autobiographie, ni les romans autobiographiques qui prolifèrent entre 1700 et 1750 n'ont accordé un rôle décisif au commencement de la vie[1]. »

1. Nicolas Bonhôte, *Jean-Jacques Rousseau. Vision de l'histoire et autobiographie*, L'Âge d'homme, Lausanne, 1992, p. 191.

Mémoires

On a raison pour les grands Mémoires aristocratiques, ceux de Retz ou de Saint-Simon par exemple, car l'existence de leurs auteurs ne prend sens qu'à partir de leur entrée à la Cour et dans le monde ; mais les Grands ne sont pas seuls à avoir laissé des Mémoires ; on trouve ainsi dans ceux de l'abbé de Marolles (écrits au XVIIe siècle et réédités en 1755), un récit d'enfance tout à fait pittoresque[2].

2. Pour d'autres extraits, voir Dossier, p. 207.

« Nous avions aussi une gouvernante, qui était une vieille demoiselle, Gabrielle d'Érian, parente de la maison, du côté de notre aïeule paternelle, dont la douceur et les tendresses m'étaient une des plus précieuses choses du monde. Elle nous racontait des histoires du temps passé, je pense même qu'elle en inventait quelques-unes, dont j'étais autant ravi, que mon frère l'était peu ; et quand j'étais plus petit, il fallait que je fusse toujours entre ses bras, et la bonne fille ne s'en plaignait pas. Je me souviens que dès l'âge de quatre ans, étant tourmenté d'une colique très douloureuse, je ne pouvais trouver d'allégement que par ses caresses ; et quand elle prenait la peine de me porter à la fontaine, qui est au-dessous de la maison, en descendant deux ou trois cents pas, et qui fait un ruisseau qui coule agréablement au travers d'une petite saulsaie, entre une prairie et une espèce de jardinage, il me semblait que je ne sentais plus de mal[1]. »

1. *Mémoires de M. de Marolles*, Amsterdam, 1755, (1re éd. 1656-1657), p. 13-14 (orthographe modernisée).

La même année paraissent les Mémoires de Mme de Staal-Delaunay, éduquée dans un couvent, dont les expériences de lectrice précoce de romans font nécessairement penser à Rousseau :

« Il y avait dans mon couvent des pensionnaires d'un âge beaucoup plus avancé [...] Elles me prêtèrent des romans, dont l'impression fut si vive sur mon esprit, que je n'ai pas été depuis si agitée de mes propres aventures que je l'étais de celles de ces personnages fabuleux. » *(On lui demande d'interrompre ces « lectures dangereuses », elle obéit.)* « Cependant l'idée des passions me frappa, et les sentiments qui les forment s'insinuèrent dans mon âme sans objet déterminé[2]. »

2. Mme de Staal-Delaunay, *Mémoires de jeunesse*, Mercure de France, 1996, p. 26.

Sans doute, aucun de ces deux auteurs ne songe à éclairer en profondeur sa vie par son enfance ; on sent néanmoins à les lire qu'il existait à l'âge classique une topique du récit d'enfance qui, pour être rarement passée dans l'écrit, a peut-être plus influencé Rousseau qu'on ne le pense.

Cleveland

Il existe en outre un roman du XVIIIe siècle où se trouve narrée — à la première personne — la manière particulièrement attentive dont une mère fait l'éducation de son fils : c'est le *Cleveland* de l'abbé Prévost, si cher à Rousseau ; la mère du héros, qui « s'était forgé un système complet » à force de lectures et de méditations, entreprend en effet très tôt de le communiquer à son fils : « Je n'avais guère plus de sept ou huit ans, lorsqu'elle commença à m'inspirer le goût de ce qu'elle aimait si chèrement. [...] J'étais continuellement sous ses yeux. Mes mains avaient à peine la force de soutenir un livre que j'étais déjà accoutumé à le feuilleter. Je savais lire lorsque le commun des enfants commence à parler, et la solitude perpétuelle dans laquelle j'étais retenu me fit prendre l'habitude de penser et de réfléchir dans un âge où l'on ignore encore de quelle nature on est et dans quelle classe d'animaux l'homme doit être rangé[1]. » C'est à « cinq ou six ans » qu'un enfant précoce apprend lui aussi à lire dans les romans laissés par sa mère ; mais la suite de *Cleveland* n'est pas moins suggestive : poursuivis par la vindicte de Cromwell, la mère et l'enfant se réfugient dans la grotte de Rumney-Hole où « la terre [leur] ouvre son sein pour [les] dérober à la malignité des hommes[2] » — ce qui, abstraction faite de la tonalité tragique spécifique à Prévost, n'est pas sans évoquer au lecteur familier de Rousseau telle retraite insulaire dispensatrice des même bienfaits : « Ô nature, ô ma mère... » Au reste, c'est une sorte d'Émile avant la lettre qu'elle a voulu faire de son fils : « les principes de l'innocence naturelle subsistant encore chez vous dans leur intégralité, tous vos désirs sont droits, et vous ne sentez rien en vous-même qui s'oppose à leur exécution[3] ».

1. Abbé Prévost, *Cleveland*, in *Œuvres de Prévost*, t. II, Presses universitaires de Grenoble, 1977, p. 19.

2. *Ibid.*, p. 33.

3. *Ibid.*, p. 34.

« Ma mère avait laissé des romans » (p. 36) : *Cassandre*, *Le Grand Cyrus*, *L'Astrée* et tant d'autres encore, ces grands romans du XVIIe siècle lus avec son père dans son enfance, Rousseau y voit la source de sa sensibilité et s'en dit hanté sa vie entière.

« Dans les années d'exil où il a beaucoup plus de temps pour lire, les romans prennent une place plus grande dans sa correspondance. Il en emprunte et il en prête à ses amis, il en demande à son libraire [...]. En 1763, il demande qu'on lui envoie un roman du XVIIe siècle, *Tarsis et Zélie*, " et le plus de choses amusantes qu'il vous sera possible " [...]. Quelques mois après il écrit à Panckoucke : " dans l'état où je suis je ne puis plus supporter aucune lecture sérieuse, et tout ouvrage de raisonnement m'ennuie à la mort. Des romans ou des voyages, voilà désormais tout ce que je puis souffrir. "[1] »

Or, on peut montrer que la grille appliquée au récit de la dégradation subie par Jean-Jacques enfant à travers les avatars de son éducation dépend de celle qui règle le récit de l'enfance du héros dans le roman baroque. Que lisait l'enfant de Genève dans *Le Grand Cyrus* ou dans *Cassandre* ? Voici *Artamène*, qui a « cet étrange avantage d'être né parmi des Peuples [...] où toutes les Vertus s'apprennent, pour ainsi dire, en naissant[2] », et qui s'impose naturellement malgré l'ignorance où il se trouve de son origine royale : « ce jeune Prince, qui sans se connaître agissait en Roi, se fit déclarer pour tel à l'âge de dix ans, par tous les autres enfants des hameaux voisins[3] »; *Oroondate* n'est pas en reste, qui

1. J.-L. Lecercle, *Rousseau et l'art du roman*, A. Colin, 1969, p. 13.

2. Mlle de Scudéry, *Artamène ou le Grand Cyrus*, livre II, Paris, 1650, p. 173.

3. *Ibid.*, p. 219.

« à sa quatorzième année [...], surpassait en science, vigueur, grâce et dextérité » [...] et tous ceux de son temps et tous ceux qui l'avaient précédé[1] ». Dans le *Polexandre* de Gomberville — roman très connu quoique non cité par Rousseau —, le prince est ainsi présenté par son gouverneur : « Son âme en descendant du Ciel en terre, se conserva tout ce qu'elle avait reçu au lieu de son origine. Sa chute ne lui fit rien perdre, ni rien oublier. Elle était créée toute savante, elle entra toute savante dans la demeure qui lui était préparée, et malgré les chaînes et les voiles de la matière, eut toujours sa première agilité et ses premières illuminations[2]. »

1. La Calprenède, *Cassandre*, livre I, Paris, 1657, p. 35.

2. Gomberville, *Polexandre*, IIe partie, livre III, Paris, 1638, p. 412-413.

Cette science infuse, le livre II des *Confessions* la met en scène à l'hospice de Turin lorsque, tel Jésus parmi les Docteurs, le jeune calviniste y tient la dragée haute aux prêtres chargés de le convertir au catholicisme : « J'avais donc de la religion tout ce qu'un enfant à l'âge où j'étais en pouvait avoir. J'en avais même davantage, car pourquoi déguiser ici ma pensée ? *Mon enfance ne fut point d'un enfant ; je sentis, je pensai toujours en homme* » (p. 99 ; je souligne).

On retrouve là le topos traditionnel du *puer senex*, ou plus simplement de l'enfant prodige. Donneau de Visé le présente ironiquement ainsi en 1669, dans ses *Nouvelles galantes et comiques*, comme un cliché trop répandu : « J'aurais bien voulu, pour étendre mes Nouvelles, donner à mes héroïnes l'esprit d'une personne de trente ans, avant l'âge de raison ; et la valeur d'Alexandre et de César à mes héros presque aussitôt que la parole [...] et d'autres bagatelles semblables, par lesquelles les héroïnes et les héros futurs font connaître ce qu'ils doivent être un jour. Mais il faut pour cela un esprit délicat que je n'ai pas[1]. »

1. Donneau de Visé, *Nouvelles galantes et comiques*, Paris, 1669, préface, t. I, non paginé.

Cette ironie, Rousseau l'entend d'avance : « L'on rira de me voir présenter modestement pour un prodige. Soit... » ; mais il persiste et signe : « quand on aura bien ri, qu'on trouve un enfant qu'à six ans les romans attachent, intéressent, transportent au point d'en pleurer à chaudes larmes ; alors je sentirai ma vanité ridicule, et je conviendrai que j'ai tort » (p. 99). Et qu'on ne lui oppose pas les principes de l'*Émile* : « Ainsi, quand j'ai dit qu'il ne fallait point parler aux enfants de religion [...] j'ai tiré mon sentiment de mes observations, non de ma propre expérience : je savais qu'elle ne concluait rien pour les autres. Trouvez des J.-J. Rousseau à six ans, et parlez-leur de Dieu à sept, je vous réponds que vous ne courez aucun risque » *(ibid.)*.

La littérature hagiographique les lui trouvait en nombre, et autrement plus précoces ! Voici Mme de Chantal dans son enfance : « dès l'âge de cinq ans [...] elle savait la plupart des points controversés entre les catholiques et les calvinistes, en sorte que bien souvent elle ferma la bouche aux prétendus docteurs de la secte naissante[2] ». Voici le père de Condren, second supérieur de l'Oratoire : « Dieu m'a fait la grâce de le connaître et de me donner à lui, non seulement à l'âge ordinaire de la raison, mais il m'a fait la miséricorde de m'en avancer l'âge, afin que je m'acquitasse de ce devoir, ce fut à deux ans et demi[3]. »

2. *Vie de la bienheureuse Jeanne Françoise Fremiot baronne de Chantal*, Avignon, 1751, p. 8.

3. D. Amelotte, *La vie du père de Condren*, Paris, 1657, p. 19.

Cette littérature édifiante, encore bien pratiquée jusqu'au milieu du XVIIIe siècle, présente une foule d'autres petits prodiges prédestinés à la sainteté ; si j'ai choisi ces deux-là, c'est que Rousseau compare Mme de Warens à Mme de Chantal dans *Les Confessions* (p. 86), et qu'il a très bien connu les oratoriens du séminaire de Montmorency (et sans doute leur excellente bibliothèque), ainsi qu'il le rapporte dans *Les Confessions* (p. 604) et dans les *Rêveries* (*OC I*, p. 999)[1].

Le narrateur reprend donc intégralement le topos de l'enfant prodige à son compte, de façon d'ailleurs cohérente avec son préambule : « J'ose croire n'être fait comme aucun de ceux qui existent » ; quant à sa déchéance, en voici la clef : « Ce n'est qu'en grandissant que je suis rentré dans la classe ordinaire ; en naissant j'en étais sorti » (p. 99). On retrouve évidemment là une projection du système général de Rousseau sur sa propre existence : « la vérité de la nature » s'est dégradée dans l'Histoire ; à cet égard, le vrai roman qui annonce le récit de l'enfance de Jean-Jacques dans *Les Confessions*, c'est l'*Émile* : « Que de précautions à prendre avec *un jeune homme bien né*, avant que de l'exposer aux mœurs du siècle [...], c'est par le désordre du premier âge que les hommes dégénèrent [...] ; s'il s'en trouvait un seul qui sût être tempérant et sobre, qui sût, au milieu d'eux, préserver son cœur, son sang, ses mœurs, de la contagion de l'exemple, *à trente ans, il écraserait tous ces insectes, et deviendrait leur maître avec moins de peine qu'il n'en eut à rester le sien* » (*Émile*, *OC IV*, p. 665 ; je souligne).

1. Sur Rousseau et l'Oratoire, cf. G. Py, « Jean-Jacques Rousseau et la congrégation des prêtres de l'Oratoire de Jésus », *AJJR*, t. XXXVIII, 1969-1971, p. 127-153.

Autobiographies spirituelles

Quant aux grandes autobiographies spirituelles comme les *Confessions* de saint Augustin ou la *Vie écrite par elle-même* de sainte Thérèse d'Avila, elles s'intéressent à l'enfance pour y repérer les signes, alors invisibles, d'un appel que la conversion révèle après coup dans toute leur évidence. Ici, ce n'est pas non plus l'enfance en soi qui est déterminante, mais la lutte de la grâce et du péché : saint Augustin prie Dieu et le remercie de la vie, demandant pardon d'avoir si longtemps été sourd à sa voix. Cela dit, son texte est d'une richesse exceptionnelle pour ce qui nous occupe : les deux premiers livres de ses *Confessions* couvrent une période qui va du récit de sa naissance jusqu'à sa seizième année : n'y manquent ni la richesse anecdotique, ni l'art du pittoresque, ni la précision de l'observation, ni même l'attention à ce qui se modèle de l'adulte chez l'enfant : l'intitulé du chapitre XIX du livre I — « Des dérèglements des enfants qui passent ensuite dans les âges les plus avancés » — pourrait ainsi servir d'épigraphe à Rousseau pour toute la période qui commence avec la fessée de Bossey ; en outre, quand celui-ci résume à un sentir préverbal universel le temps séparant l'époque où sa tante l'a sauvé et celle où il sait lire, saint Augustin n'hésite pas à tenter une reconstitution de toute cette période : allaitement, jalousie des nourrissons autour du sein, premiers contacts avec les objets, apprentissage de la parole, et même péchés inconscients.

La grande différence évidemment, c'est que saint Augustin dispose du péché originel pour lire le travail du mal dès l'enfance, quand l'auteur de l'*Émile* doit chercher difficilement un sens strictement humain aux dérèglements de cette nature foncièrement bonne par hypothèse qu'il décrit. Il trouvait néanmoins chez son prédécesseur une analyse encore inégalée de la complexité des « affections secrètes » de l'enfance. Son influence est d'ailleurs perceptible dans le texte même de Rousseau, on l'a depuis longtemps remarqué[1] : l'anecdote du vol des poires chez Augustin (livre II, chap. IV) et les méditations qui la suivent peuvent avoir fourni une matrice pour les récits de vol au livre I chez Rousseau ; d'autre part l'illumination de Vincennes (p. 430), dans sa structure narrative, est une énième variante du topos du *tolle, lege* (prends et lis) au jardin d'Ostie (livre VIII, chap. VIII) dans le récit de la conversion d'Augustin[2] ; comme lui enfin, « Jean-Jacques aurait pu dire : j'aimais à aimer *(amabam amare)*. Et il a dit, comme saint Augustin, n'avoir vécu que pour " aimer et être aimé " *(amare et amari)*[3] ».

1. Cf. P. Courcelle, *Les « Confessions » de saint Augustin dans la tradition littéraire, antécédents et postérité*, Études augustiniennes, 1963 ; Y. Touchefeu, *L'Antiquité et le christianisme dans la pensée de J.-J. Rousseau*, EHESS, 1992.

2. Cf. R. Galliani, « Rousseau, l'illumination de Vincennes et la critique moderne », *Studies on Voltaire*, 1986, n° 245.

3. M. Raymond, *Introduction* aux *OC I*, p. XII.

SE CONFESSER À LA FIN DU XVIIIe SIÈCLE

Plaisante fantaisie : plusieurs choses que je ne voudrais dire à personne, je les dis au peuple, et sur mes plus secrètes sciences ou pensées, renvoie à une boutique de libraire mes amis plus féaux.

Montaigne, *Essais*, III, IX.

De bons apôtres reprochent à Rousseau de ne pas se confesser dans les règles et de manquer notoirement d'humilité chrétienne ; fort bien, mais comment se portait la confession chrétienne dans le dernier tiers du XVIIIe siècle ? Fort mal, si l'on en croit Louis-Sébastien Mercier : « l'habitude d'aller à confesse se perd insensiblement ; [...] elle est totalement éteinte dans les classes supérieures » ; quant aux classes populaires, on n'y pense que pour le billet de confession encore nécessaire au mariage : « souvent on a négligé d'entrer dans un confessionnal depuis douze ou quinze années[1] ». Depuis 1778 cependant, date de la mort de Rousseau, on peut entendre un autre son de cloche quand on lit en « bonnes feuilles » le premier préambule des *Confessions* : « qu'ils écoutent mes confessions, qu'ils gémissent de mes indignités, qu'ils rougissent de mes misères » : voilà comment s'ouvre à la fin du XVIIIe siècle, dans un contexte de reflux généralisé des pratiques religieuses, la confession publique d'un Genevois célèbre qui n'a rien oublié de sa formation calviniste et puritaine ; « après ce que je viens d'oser dire, rien ne peut plus m'arrêter » (p. 48) : voilà comment s'expose, toute honte bue, l'inavouable

1. L.-S. Mercier, *Le tableau de Paris*, FM / La Découverte, 1979, p. 253.

supposé d'un jouir masochiste : ainsi s'avoue donc le plus secret, le plus intime, ce qui jamais n'advint comme demande explicite, « faute d'oser tout dire ou de pouvoir tout faire » (p. 47). Tout dire du plus intime, et le dire à une autre ? Diderot en évoquait l'idée le 14 juillet 1762, dans une lettre à Sophie Volland : il s'agirait d'une correspondance où chacun tiendrait « registre exact de toutes les pensées de son esprit, de tous les mouvements de son cœur, de toutes ses pensées, de tous ses plaisirs », et où « il faudrait bien du courage pour ne rien celer » car « on s'accuserait peut-être plus aisément du projet d'un grand crime, que d'un petit sentiment obscur, vil et bas[1] ».

« Ce n'est pas ce qui est criminel qui coûte le plus à dire, reprend Rousseau dans *Les Confessions*, en introduisant l'épisode de ce qu'il nomme pudiquement " le châtiment des enfants ", c'est ce qui est ridicule et honteux » (p. 48) ; mais quel type de lecteurs vise-t-il ici ? Ses particularités érotiques sont-elles si choquantes au bout du compte pour une époque où ces livres qu'on ne peut « lire que d'une main » évoqués au livre I des *Confessions* (p. 74) figuraient parmi les « best-sellers » du siècle[2] ; ainsi, et puisqu'il est question de fessée, c'est dans *Thérèse philosophe* que la Bois-Laurier raconte comment tel homme « ne donnait aucun signe de virilité qu'au moyen de cent coups de fouet que je lui appliquais sur les fesses[3] », pratique érotique d'ailleurs fort sérieusement étudiée dans les traités médicaux de la fin du siècle[4].

1. *Lettres à Sophie Volland*, Gallimard, Folio, 1984, p. 184.

2. Cf. J.-M. Goulemot, *Ces livres qu'on ne lit que d'une main*, éd. Minerve, Aix-en-Provence, 1994.

3. *Thérèse philosophe* (1748), *Romans libertins du XVIIIe siècle*, R. Laffont, 1993, p. 639. Treize rééditions jusqu'à la Révolution.

4. Comme par exemple : Dr Doppet, *Aphrodisiaque externe, ou Traité du fouet et de ses effets physiques sur l'amour*, 1788.

Mais dans un autre genre de perversion, c'est déjà sous la Régence, et dans un style d'un naturel admirable, que l'abbé de Choisy présentait à la très catholique Mme de Lambert son goût des vêtements féminins, comme fruit de sa première éducation : « C'est une étrange chose qu'une habitude d'enfance, il est impossible de s'en défaire : ma mère, presque en naissant, m'a accoutumé aux habillements des femmes ; j'ai continué à m'en servir dans ma jeunesse ; j'ai joué la comédie cinq mois durant sur le théâtre d'une grande ville, comme d'une fille [...]. Je jouissais du plus grand plaisir qu'on puisse goûter en cette vie[1]. »

Rien de moins Régence que l'esprit des *Confessions* qui, bien qu'écrites à la fin d'un siècle libertin, s'inscrivent en réalité dans la ligne du « siècle des saints » : la mise en discours minutieuse de l'intimité du désir est en effet un enjeu central de la pastorale chrétienne depuis la Contre-Réforme, comme l'indique Michel Foucault : « Je ne parle pas de l'obligation d'avouer les infractions aux lois du sexe, comme l'exigeait la pénitence traditionnelle ; mais de la tâche, quasi infinie, de dire, de se dire soi-même et de dire à un autre, aussi souvent que possible, tout ce qui peut concerner le jeu des plaisirs, sensations et pensées innombrables qui, à travers l'âme et le corps, ont quelque affinité avec le sexe. [...] La pastorale chrétienne a inscrit comme devoir fondamental la tâche de faire passer tout ce qui a trait au sexe au moulin sans fin de la parole [...]. Tout dire, répètent les directeurs[2]. » « Je dirai tout, écrit Rous-

1. *Mémoires de l'abbé de Choisy habillé en femme*, éd.Ombres, Toulouse, 1995, p. 81.

2. M. Foucault, *La volonté de savoir*, Gallimard, 1976, p. 29-30.

seau dans le premier préambule, et jamais la dévote la plus craintive [...] ne déploya plus scrupuleusement à son confesseur tous les replis de son âme[1]. »« Personne au monde ne me connaît que moi seul », écrivait-il à Malesherbes en 1762[2] : il se souvenait sans doute de l'apôtre : « Qui des hommes connaît ce qui est en l'homme, sinon l'esprit de l'homme qui est en lui[3] ? »

1. Voir Dossier, p. 166.

2. Voir Dossier, p. 170.

3. Cor. II, 11 (trad. Lemaître de Sacy).

À cet égard, il faut détacher Rousseau des Lumières rationalistes et athées, et inscrire sa conception de l'histoire de sa vie comme histoire de son âme, dans le champ de la spiritualité européenne de son temps : cette « internationale piétiste dont les réseaux couvrent l'Europe dès les débuts du XVIIIe siècle » qu'évoque Georges Gusdorf, et qui pratique « une religion du cœur » œcuménique où s'interpénètrent spiritualité fénelonienne et piétisme réformé : « Citoyen de Genève, catéchisé par Mme de Warens, Rousseau se situe dans ce contexte spirituel, qu'il a largement contribué à populariser à travers l'Europe en dehors de toute appartenance confessionnelle[4]. » Or dans ce milieu, écrire de soi est une pratique ordinaire liée à la méditation, dont la littérature allemande du XVIIIe siècle a d'ailleurs laissé deux témoignages majeurs : la « confession d'une belle âme » dans le *Wilhelm Meister* de Goethe, et l'*Anton Reiser* de K. Philipp Moritz : « il s'avisa de tenir à nouveau une sorte de journal, mais il décida de n'y plus noter, comme auparavant, les événements insignifiants de l'existence, mais l'histoire de sa vie intérieure[5] ».

4. G. Gusdorf, *Lignes de vie*, t. I : *Les écritures du moi*, O. Jacob, 1991, p. 74.

5. *Anton Reiser* (1785), Fayard, 1986, p. 226.

Rousseau combine cette histoire intérieure avec l'autre, et c'est ce qui le rend unique.

B. « LES CONFESSIONS » TELLES QU'EN ELLES-MÊMES

Il est temps d'en venir à la genèse de cette double histoire, dont le premier contexte est évidemment l'œuvre antérieure de Rousseau, qu'elle doit remettre en perspective pour la postérité.

« Ce retour à soi, cette exploration du passé, cette mise en séquence narrative de l'expérience personnelle — exigés et stimulés par la nécessité de faire front à une persécution qui atteint Jean-Jacques en son visage même — ont, à l'égard de l'œuvre philosophique, la valeur d'un *éclairement par l'origine.* À partir de 1762, Rousseau va se raconter pour qu'on connaisse enfin son âme bienveillante : on y verra la source de ces écrits que les fourbes et leurs dupes décrivent comme l'œuvre d'un ennemi du genre humain[1]. »

1. J. Starobinski, *J.-J. Rousseau, la transparence et l'obstacle*, Gallimard, 1971, p. 323.

LA DIMENSION AUTOBIOGRAPHIQUE DANS L'ŒUVRE ANTÉRIEURE

Ce n'était pas un néophyte dans l'art de conter sa vie qui se lançait dans cette entreprise décisive ; d'une certaine façon, en effet, Rousseau a passé sa vie à la raconter, et cela dès sa jeunesse : à Mme de Warens, à qui il livre « les détails de [sa] petite histoire » (p. 88) lors de leur première rencontre, et à qui il narre encore ses aventures italiennes lors de son retour à Annecy (p. 147), mais aussi à Mme Basile (p. 112), à un secrétaire d'ambassade, dans « une longue lettre » qu'on n'a malheureusement jamais retrouvée (p. 210), et plus tard à Mme de Luxembourg qui, après d'autres, reçoit l'aveu de l'abandon de ses enfants : « Je lui avais déclaré mes liaisons avec Thérèse, et tout ce qui en avait résulté, sans omettre de quelle façon j'avais disposé de mes enfants. Elle avait reçu mes confessions très bien, trop bien même, en m'épargnant les censures que je méritais » (p. 663). « Un continuel besoin d'épanchement met à tout moment mon cœur sur mes lèvres », note-t-il à propos de ses aveux à l'ambassadeur de France à Soleure (p. 209) ; évidemment, la mise en scène récurrente de ce besoin vital de transparence participe aussi d'un dispositif argumentatif et rhétorique visant à convaincre le lecteur de sa bonne foi, mais il est facile de montrer que, loin de résulter d'un besoin de justification circonstanciel, la pulsion autobiographique se laisse repérer d'un bout à l'autre de ses écrits antérieurs qui, d'une certaine manière, peuvent être lus comme des « confessions anticipées » (J. Starobinski) de plus en plus explicites et développées.

C'est dans la *Dédicace* du second *Discours* qu'apparaît une première évocation de son père « vivant du travail de ses mains [...], Tacite, Plutarque, Grotius mêlés devant lui avec les instruments de son travail », et de ses « tendres instructions » reçues « avec trop peu de fruit » (*OC II*, p. 118) ; elle se poursuit avec la *Lettre à d'Alembert*, dans le tableau célèbre de la fête à Saint-Gervais : « Mon père, en m'embrassant, fut saisi d'un tressaillement que je crois sentir et partager encore. Jean-Jacques, me disait-il, aime ton pays » (*OC IV*, p. 124). Cet écrit est d'ailleurs donné dans *Les Confessions* comme un premier témoignage secret du besoin qu'éprouvait Rousseau de se justifier auprès de ses contemporains après avoir été chassé de l'Ermitage : « sans m'en apercevoir, j'y décrivis ma situation actuelle [...], j'avais regret de quitter mes semblables sans qu'ils sentissent tout ce que je valais, sans qu'ils sussent combien j'aurais mérité d'être aimé d'eux, s'ils m'avaient connu davantage » (p. 594).

Ce besoin de justification reparaît dans l'*Émile*, quand il y fait l'aveu voilé d'avoir abandonné ses enfants : « Celui qui ne peut remplir les devoirs de père n'a point droit de le devenir [...]. Lecteurs, vous pouvez m'en croire. Je prédis à quiconque a des entrailles, et néglige de si saints devoirs qu'il versera longtemps sur sa faute des larmes amères et n'en sera jamais consolé » (*OC IV*, p. 263).

Mais surtout, c'est dans cet écrit qu'apparaissent déjà totalement la langue et l'esprit mêmes des grandes scènes de réminiscence des *Confessions*, quand Rousseau y justifie sa pédagogie contre la peur du noir chez les enfants, en racontant l'épreuve que lui imposa le pasteur Lambercier l'obligeant à aller chercher une Bible au temple alors qu'il faisait nuit : « Le vide de l'âge mûr, qui s'est fait sentir à moi, me retrace le doux temps du premier âge. En vieillissant je redeviens enfant et je me rappelle plus volontiers ce que j'ai fait à dix ans qu'à trente. Lecteurs, pardonnez-moi donc de tirer quelquefois mes exemples de moi-même, car pour bien faire ce livre, il faut que je le fasse avec plaisir » (*OC IV*, p. 385).

Ce n'est qu'un exemple parmi bien d'autres : *Les Confessions* soulignent ainsi que le Vicaire savoyard est un condensé des abbés Gaime et Gâtier (p. 165), et la profession de foi elle-même est présentée comme une « confession », dont le propos consonne déjà avec le programme que Rousseau fixera plus tard dans son fameux préambule : « Vous me verrez, sinon tel que je suis, au moins tel que je me vois moi-même [...] quand vous aurez reçu mon entière profession de foi, quand vous connaîtrez bien l'état de mon âme, vous saurez pourquoi je m'estime heureux (*OC IV*, p. 565).

Il est frappant de retrouver les mêmes mots dans la première des *Lettres à Malesherbes*, rendues publiques quelques mois avant la parution de l'*Émile* ; le programme que Rousseau s'y trace pour les suivantes est d'ailleurs déjà celui des *Confessions* : « Je me peindrai sans fard et sans modestie, je me montrerai à vous tel que je me vois, et tel que je suis, car passant ma vie avec moi je dois me connaître[...]. Vous en jugerez quand j'aurai tout dit[1]. » Il les donne comme un abrégé du projet qu'il a en tête : « dans ces quatre lettres, je tâchais de suppléer en quelque sorte aux mémoires que j'avais projetés » (p. 676).

1. Voir Dossier, p. 170.

Auparavant, dans la seconde préface de la *Julie*, Rousseau avait délibérément voulu laisser ouverte la question de son ancrage autobiographique : « ce qui me rendit les femmes si favorables fut la persuasion où elles furent que j'avais écrit ma propre histoire [...] Je ne voulus ni confirmer ni détruire une erreur qui m'était avantageuse » (p. 652). En ménageant cette ambiguïté, il n'innovait pas absolument, et Prévost par exemple l'y avait précédé dans *Le Pour et le Contre* ; mais le retentissement du roman fut tel que l'image publique de sa vie fut désormais inséparable de celle des belles âmes de Clarens. La séquence du pays de Vaud au livre IV (p. 203-204) ainsi que l'ensemble des livres IX à X sont d'ailleurs notamment destinés à éclairer ce qui, des circonstances de sa vie mais surtout de son histoire morale et passionnelle, a nourri son roman.

On peut donc affirmer que toute l'œuvre de Rousseau avant *Les Confessions* engage une recomposition progressive, quoique dispersée et lacunaire, de son histoire : les *Lettres à Malesherbes* en offraient une première synthèse, orientée sur la genèse de sa vie intérieure depuis l'enfance, donnée comme la clef permettant de comprendre et d'articuler en profondeur « les vrais motifs de toute [sa] conduite », déjà envisagée dans toute l'énigme de sa singularité[1].

Or, c'est précisément parce que toute son œuvre théorique informe cette enquête d'une conception nouvelle de la nature humaine et de son histoire, que *Les Confessions* innovent si profondément dans le champ de l'écriture de soi ; cette complémentarité de l'anthropologique et de l'autobiographique apparaît clairement quand on compare le passage cité au début de ce chapitre sur la nécessité, pour connaître un « caractère », d'une approche

1. Voir Dossier, p. 168.

génétique de ses « affections secrètes », à la question inaugurale du *Discours sur l'inégalité* : « comment connaître la source de l'inégalité parmi les hommes, si l'on ne commence pas par les connaître eux-mêmes ? Et comment l'homme viendra-t-il au bout de se voir tel que l'a formé la nature, à travers tous les changements que la succession des temps et des choses a dû produire dans sa constitution originelle, et de démêler ce qu'il tient de son propre fond d'avec ce que les circonstances et ses progrès ont ajouté ou changé à son état primitif ? » (*OC III*, 122).

« Pour étudier l'homme, il faut apprendre à porter la vue au loin ; il faut d'abord observer les différences pour découvrir les propriétés », écrit-il dans un passage de l'*Essai sur l'origine des langues* (*OC V*, p. 394) où Lévi-Strauss signale l'acte de naissance de l'anthropologie moderne[1] ; or c'est effectivement un moyen de sortir d'eux-mêmes que Rousseau veut fournir aux lecteurs des *Confessions* : « J'ai résolu de faire faire à mes lecteurs un pas de plus dans la connaissance des hommes, en les tirant s'il est possible de cette règle unique et fautive de juger toujours du cœur d'autrui par le sien ; tandis qu'au contraire il faudrait souvent pour connaître le sien même, commencer par lire dans celui d'autrui. Je veux tâcher que pour apprendre à s'apprécier, on puisse avoir du moins une pièce de comparaison ; que chacun puisse connaître soi et un autre, et cet autre ce sera moi » (premier préambule)[2].

Ce que souligneront les *Dialogues* enfin, c'est combien la méthode est inséparable de

1. *Anthropologie structurale II*, Plon, 1973, p. 47. Voir Dossier, p. 218.

2. Voir Dossier, p. 164.

l'expérience intérieure qui fonde la connaissance de soi dans l'anamnèse de l'originel : « D'où le peintre et l'apologiste de la nature aujourd'hui si défigurée et si calomniée peut-il avoir tiré son modèle, si ce n'est de son propre cœur ? Il l'a décrite comme il se sentait lui-même [...] ; ces traits si généralement oubliés ou méconnus [...] une fois tracés trouvaient bien encore au fond des cœurs l'attestation de leur justesse, mais jamais ils ne s'y seraient remontrés d'eux-mêmes si l'historien de la nature n'eût commencé par ôter la rouille qui les cachait [...]. En un mot, il fallait qu'un homme se fût peint lui-même pour nous montrer ainsi l'homme primitif » (*OC I*, p. 936).

GENÈSE DES « CONFESSIONS » SELON LA CORRESPONDANCE DE ROUSSEAU

Cela dit, la seule dynamique interne de sa pensée ne le conduisait pas obligatoirement à l'idée d'écrire un ouvrage entièrement consacré à sa vie ; le facteur déclenchant est venu de son éditeur Rey, qui lui demandait instamment « depuis longtemps d'écrire les Mémoires de [sa] vie » (p. 617). Pourquoi cela ? Ce libraire hollandais de très grande envergure et qui travaille avec toute l'Europe, voit sans doute une affaire à ne pas manquer dans les Mémoires de cet auteur dont la *Julie* est un extraordinaire « best-seller » : s'il désire publier sa « vie », écrit Georges Gusdorf, c'est que « les autobiographies d'écrivains, d'universitaires et de personnages importants constituent en Allemagne et en Angleterre un genre littéraire reconnu comme tel » ; ainsi : « Rousseau n'a pas inventé " l'usage de raconter et de publier l'histoire de sa propre personnalité " [...] ; il a été invité à prendre place au sein d'une tradition éditoriale solidement établie[1]. » D'ailleurs, ce n'est pas d'abord comme un ouvrage « en soi », mais comme introduction à une réimpression de ses *Œuvres diverses*[2] que Rey lui demande sa vie dans une lettre du 31 décembre 1761 : c'est tout à fait important pour la suite, car la correspondance montre que l'histoire des *Confessions*, au moins jusqu'au départ de Rousseau pour l'Angleterre, est inséparable de celle de son projet d'« édition générale ».

1. G. Gusdorf, *op. cit.*, p. 75.

2. *CC*, t. IX, n° 1619.

Histoires parallèles

Ainsi, lorsque sa « vie » apparaît à nouveau dans une lettre de Rey du 1er février 1762, c'est au terme d'une négociation où le libraire hollandais abandonne à Rousseau le droit de faire réimprimer ses œuvres en vue de son édition générale par qui bon lui semble, pourvu qu'il lui réserve l'exclusivité de ses Mémoires : « j'en excepte ou votre vie ou ce que vous voudrez me donner à la place[3] ». Le 28 février 1763, Rousseau lui écrit être désormais « engagé dans la grande affaire de sa vie[4] »; le 17 mars 1764, il lui donne l'édition générale moyennant cent louis de versement initial, assortis d'une rente viagère annuelle de huit cents francs[5] ; Rey refuse, car la condamnation de l'*Émile* rend la chose impos-

3. *CC*, t. X, n° 1661.

4. *CC*, t. XV, n° 2516.

5. *CC*, t. XIX, n° 3187.

sible en Hollande ; en revanche, il veut lui verser huit cents francs[1] de rente pour sa production future, excepté les « Mémoires et particularités sur votre vie que vous avez eu la bonté de me faire espérer », qui feront l'objet d'un contrat spécifique et qu'il s'engage à ne publier qu'après sa mort[2].

Le 2 décembre 1764, intervient du Peyrou, le riche ami neuchâtellois de Rousseau, qui s'offre à lui servir d'intermédiaire avec le libraire Fauche et ses associés neuchâtellois, candidats à la réalisation de l'édition générale[3] ; assez vite, désirant libérer Rousseau de tout souci financier, il lui propose une rente annuelle de mille six cents francs, en échange de l'abandon de tous ses manuscrits, qu'il s'engage à publier après sa mort si l'édition générale ne peut se faire de son vivant[4]. Le 24 janvier 1765, Rousseau lui envoie un plan complet de son édition et le fait dépositaire de tous ses papiers[5] ; mais le projet d'édition en Suisse avorte, la Compagnie des pasteurs de Neuchâtel ayant réussi à interdire l'édition.

Toujours soucieux de « pourvoir à [sa] subsistance » dans des conditions honorables (il fixe son « plancher » à mille six cents francs par an), Rousseau se tourne à nouveau vers Rey le 18 mars 1765, abaissant son prix à mille francs de rente viagère, et incluant dans la vente tout manuscrit, à l'exception de « la grande entreprise de [sa] vie et des pièces qui s'y rapportent », qui ne peut paraître du vivant de ceux qu'elle met en cause. Il lui en donne l'aperçu suivant : « L'ouvrage est déjà commencé et je vois à vue de pays que ce sera

1. On admet qu'un franc (ou une livre) de l'époque vaut approximativement 100 de nos francs actuels ; 1 louis = 24 francs. Cf. Jean Sgard, « L'échelle des revenus », *Dix-huitième siècle*, n° 14, 1982, p. 425-433.

2. *CC*, t. XX, n° 3349.

3. *CC*, t. XXII, n° 3693.

4. *CC*, t. XXIII, n° 3910.

5. *CC*, t. XXIII, n° 3921.

un ouvrage aussi considérable que singulier. Car jamais homme n'aura fait une entreprise semblable et ne l'aura exécutée comme je me propose de le faire ; j'ai de quoi, et l'abondance des matériaux m'étonne moi-même. » Il mentionne également « deux forts volumes in-octavo » de « lettres, Mémoires et pièces justificatives », et pense que sa « vie » aura la même dimension ; « quant aux lettres originales il faudra pour qu'au besoin elles servent de preuves, qu'elles soient mises dans un dépôt public ». Voici le marché qu'il lui propose : « il faut, mon cher, que ma vie me fasse vivre, et par conséquent qu'elle me procure annuellement les six cents francs qui manquent à l'article précédent pour fournir à mon nécessaire[1] ».

1. *CC*, t. XXIV, n° 4157.

Le 27 mars, Rey répond ne pouvoir intervenir que pour un quart dans l'édition générale, mais accepte sa « vie » au prix proposé[2] ; le 27 avril cependant, Rousseau renonce finalement à la lui vendre, car il faudra en « renvoyer la publication à un temps fort éloigné » et Rey pourrait y perdre ; du reste, G. Keith (Mylord Maréchal) lui offre les six cents francs de rente qui manquaient, tandis que du Peyrou prend en charge la rente principale[3].

2. *CC*, t. XXIV, n° 4203.

3. *CC*, t. XXV, n° 4345.

Auparavant, le 13 janvier 1765, Rousseau écrivait à Duclos (qui lui avait demandé le 14 novembre où en étaient ses Mémoires) que la publication du *Sentiment des citoyens* l'incitait à les poursuivre ; sa lettre est intéressante pour ce qu'elle laisse entendre d'une volonté délibérée d'y forcer la note de l'aveu coupable : « [Mes ennemis] travaillent beaucoup à me faciliter l'entreprise d'écrire ma vie que vous m'exhortez de reprendre. Il vient de paraître à Genève un libelle effroyable pour lequel la Dame d'Épinay a fourni des mémoires à sa manière, lesquels me mettent déjà fort à mon aise vis-à-vis d'elle et de ce qui l'entoure. Dieu me préserve toutefois de l'imiter même en me défendant [...] et je prendrai du moins des mesures pour que rien ne paraisse de son vivant. Mais j'ai beaucoup à dire et je dirai tout, je n'omettrai pas une de mes fautes, pas même une de mes mauvaises pensées. Je me peindrai tel que je fus, tel que je suis ; le mal offusquera presque toujours le bien, et malgré cela, j'ai peine à croire qu'aucun de mes lecteurs ose se dire, je suis meilleur que cet homme-là[1]. »

1. *CC*, t. XXIII, n° 3875.

La rédaction de la première partie

Revenons au mois d'avril : à partir d'ici, l'édition générale et *Les Confessions* échappent à Rey ; c'est exclusivement entre du Peyrou et Rousseau que les choses se traiteront, durant la période qui va de son séjour en Angleterre jusqu'à son retour en France. Selon Mme de Saussure, lorsque Rousseau quitte la Suisse, il a poussé la rédaction de ses brouillons au moins jusqu'à ce qui fait la matière du livre VI. En Angleterre, la rédaction va s'appuyer sur un échange de correspondance régulier avec du Peyrou, qui lui envoie dans le plus grand secret les documents dont il a besoin, afin de les dérober à tout œil malveillant dans un contexte où les démêlés de Rousseau avec Hume font craindre à celui-ci comme à ses anciens amis des révélations intempestives.

L'affaire tourne notamment autour des difficultés que fait Rousseau à accepter une pension du roi d'Angleterre suscitée par Hume : son isolement, sa susceptibilité, le contexte général de ses démêlés avec la France et les philosophes, une fausse lettre du roi de Prusse qui le ridiculise, ainsi que certaines maladresses de Hume lui-même, finissent par exaspérer Rousseau, au point de lui faire mettre Hume en accusation dans une lettre comminatoire datée du 10 juillet 1766, où il énumère tous ses griefs en les plaçant dans la perspective d'un complot contre lui. On y trouve déjà le ton de la seconde partie des *Confessions :* « Je ne vis point dans le monde, j'ignore ce qui s'y passe, je n'ai point de parti, point d'associé, point d'intrigue ; on ne me dit rien, je ne sais que ce que je sens ; mais comme on me le fait bien sentir, je le sais bien. Le premier soin de ceux qui trament des noirceurs est de se mettre à couvert des preuves juridiques ; il ne ferait pas bon leur intenter des procès. La conviction intérieure admet un autre genre de preuves qui règlent les sentiments d'un honnête homme : vous saurez sur quoi sont fondés les miens[1]. »

1. *CC*, t. XXX, n° 5274.

L'affaire ameute tout le Landerneau philosophique : Mme de Saussure relève ainsi vingt-cinq lettres dans les dix-huit mois qui ont suivi, où « il est question des Mémoires de Rousseau et de l'agitation que cette nouvelle a produite » : on y retrouve notamment

Mme de Boufflers, d'Alembert, Diderot, du Peyrou, Grimm, d'Holbach, Hume, Mme de Verdelin et Voltaire[1]. En octobre, Hume publie l'*Exposé succinct* où il résume toute l'affaire de son point de vue, en se justifiant par sa crainte des futurs Mémoires de son adversaire : « M. Rousseau m'a dit souvent qu'il composait les Mémoires de sa vie et qu'il y rendait justice à lui-même, à ses amis et à ses ennemis [...] ; j'ai lieu de croire qu'il achève cet ouvrage. Rien au monde n'était plus inattendu pour moi que de passer si soudainement de la classe de ses amis à celle de ses ennemis ; mais cette révolution s'étant faite je dois m'attendre à être traité en conséquence. Si ces Mémoires paraissent après ma mort, personne ne pourra justifier ma mémoire en faisant connaître la vérité : s'ils sont publiés après la mort de l'auteur, ma justification perdra, par cela même, une grande partie de son authenticité[2]. »

Rousseau pense alors que son manuscrit et ses papiers sont en danger et entreprend des démarches pour trouver un lieu de dépôt sûr, en même temps qu'il met au point un « chiffre » pour correspondre avec du Peyrou : « Il s'agit premièrement de sauver mes papiers car on les guette avec une grande vigilance, et l'on espère bien qu'ils n'échapperont pas [...]. Je vous enverrai une note exacte des paquets que j'envoie à votre ami *[Cerjat, ami londonien de du Peyrou]* [...]. Je tiens cette lettre et le chiffre tout prêts, mais viendra-t-on les chercher ? Viendra-t-on me chercher moi-même ? Ô destinée ! ô mon ami ! priez pour moi ! » (lettre à du Peyrou du 2 avril 1767)[3].

1. H. de Saussure, *J.-J. Rousseau et les manuscrits des « Confessions »*, Paris, éd. De Boccard, 1958, p. 122.

2. *Ibid.*, p. 133.

3. *CC*, t. XXXIII, n° 5809.

Deux jours plus tard, il se dit décidé à « brûler le tout, plutôt que de le laisser tomber entre les mains de [ses] ennemis » : « Le désir de s'emparer de ce dépôt à ma mort et peut-être même de mon vivant est une des principales raisons pourquoi je suis si soigneusement surveillé. [...] J'ai travaillé un peu à ma besogne au milieu du tumulte et des orages dont j'étais entouré ; c'est mon travail, ce sont mes matériaux pour la suite, qui me tiennent en souci[1]. »

Quittant l'Angleterre, il remettra le dépôt à Cerjat avant son arrivée à Douvres vers la mi-mai. À Calais, une tempête retardant son départ, il est pris d'une crise de délire, durant laquelle il écrit le 18 mai 1767 au ministre Conway, qu'il s'engage à abandonner « pour toujours le projet d'écrire sa vie et ses Mémoires » si on le laisse partir, et à lui faire remettre tous ses papiers concernant l'Angleterre[2]. Le temps se calmant, il n'aura heureusement pas à s'exécuter.

En France, il part pour Trye où le prince de Conti lui offre un asile (il a pris le pseudonyme de Renou) ; il prend des mesures avec du Peyrou pour mettre son manuscrit en lieu sûr, et convient avec lui d'un code secret : du Peyrou sera « Robin », Rousseau « Robert », l'Angleterre « Georges », Trye « Saint-Preux », les papiers demandés par Robert « les lettres de change », et le dépôt de Neuchâtel « l'Opéra et ses partitions ». Le 6 octobre 1767, du Peyrou lui annonce donc ainsi son arrivée à Trye : « je vous porterai [...] [le paquet] des lettres de change [...] très bien conditionné comme vous en jugerez

1. *Ibid.*, n° 5811.

2. *Ibid.*, n° 5858.

vous-même. L'Opéra et toute la musique est en chemin pour la Suisse. Ainsi tout va bien[1]. »

1. *CC*, t. XXXIV, n° 6091.

Velléités d'abandon puis achèvement : la seconde partie

Partant en Dauphiné au printemps 1768, Rousseau a sans doute terminé la première partie des *Confessions* ; il en confie un cahier à la garde de Mme de Nadaillac, abbesse de Gomer-Fontaine, mais garde avec lui les recueils de sa correspondance jusqu'en 1760 (comme il l'indique au début de la seconde partie) ; pourtant, la suite de l'ouvrage semble abandonnée dans cette lettre à Rey du 27 avril 1769 : « Quand vous me suggérâtes le projet d'écrire les Mémoires de ma vie, je n'imaginais guère que ce projet adopté trop légèrement m'attirerait les calamités qui en ont été l'effet. Ne me reparlez jamais de cette entreprise[2]. »

2. *CC*, t. XXXVI, n° 6570.

L'écriture reprend cependant en novembre 1769, dans le cadre d'un projet de retour à Paris où il veut affronter ses adversaires à découvert, y compris au risque d'une arrestation. Installé à Monquin près de Bourgoin (Dauphiné), il renonce en ces termes à la botanique : « [elle] m'absorbait trop tout entier [...], me relâchait le cœur, m'attachait trop à la vie oisive et solitaire, et m'empêchait de remplir d'indispensables devoirs que je ne puis négliger sans me manquer à moi-même » (lettre à Rey du 23 novembre 1769)[3]. Il semble que ce soit la hantise revenue du « complot » qui l'ait déterminé à reprendre

3. *CC*, t. XXXVII, n° 6635.

l'écriture. L'état d'esprit dans lequel il se trouve à cette époque est lisible en clair dans la longue lettre autobiographique qu'il envoie à M. de Saint-Germain le 26 février 1770, peu avant son départ pour Paris : Choiseul y est désigné comme la tête du complot, et quant à lui-même, il aspire à la mort des martyrs en des termes qui dévoilent les puissants implicites religieux du préambule définitif des *Confessions*[1]. Il gagne Lyon en avril 1770, il est à Paris en juin, où il complète le livre XII et donne ses premières lectures dans les salons fin 1770.

1. Voir Dossier, p. 171.

« LE SEUL MONUMENT SÛR DE MON CARACTÈRE »

« On dissèque un autre corps sous mon nom[2] *»*

2. *CC*, t. XXXVII, n° 6541.

« Si par une bizarrerie qui n'est pas sans exemple, il paraissait jamais un ouvrage où d'honnêtes gens fussent impitoyablement déchirés par un artificieux scélérat, qui, pour donner quelque vraisemblance à ses injustes et cruelles imputations, se peindrait lui-même de couleurs odieuses ; anticipez sur ce moment et demandez-vous [...] ce qu'un forfait de plus ou de moins ajouterait à la turpitude secrète d'une vie cachée pendant plus de cinquante ans sous le masque le plus épais de l'hypocrisie[3]. »

3. Diderot, *Essai sur la vie de Sénèque* (1778), in *Œuvres complètes de Diderot*, t. XXV, Hermann, 1986, p. 120. C'est Rousseau qui est visé.

« Ses premiers livres étaient des *Confessions* anticipées, des reflets du moi, que *Les Confessions* aideront à interpréter dans leur vrai sens », écrit Jean Starobinski[4] ; la remarque se justifie d'autant mieux que la crainte d'une défiguration posthume de sa pensée devien-

4. J. Starobinski, *op. cit.*, p. 323.

dra progressivement la principale hantise de Rousseau ; ainsi qu'on l'a vu, son édition générale, d'abord conçue comme un moyen de s'assurer un revenu régulier, devient vers 1764 une entreprise de « redressement » de son image posthume : « ce recueil *[de ses écrits]* sera [...] le monument sur lequel je compte obtenir de la postérité le redressement des jugements iniques de mes contemporains. Jugez par là si je dois regarder pour moi une entreprise sur laquelle mon indépendance et ma réputation sont fondées[1] ».

1. *CC*, t. XXII, n° 3682.

C'est la même année sans doute qu'à la suite de la publication du *Sentiment des citoyens*, il entreprend la rédaction du premier préambule des *Confessions*, où il récuse la fausse image qu'on a donnée de lui : « je n'étais pas meilleur si l'on veut, mais j'étais autre » (*OC I*, p. 1152). À partir de cette époque, les enjeux du projet éditorial se lient donc profondément à ceux du projet autobiographique.

Sous l'Ancien Régime, les auteurs n'ont pratiquement aucun contrôle sur les réimpressions de leurs ouvrages, et *a fortiori* sur les contrefaçons clandestines ; voici ce que lui écrit Rey à ce propos : « On ne s'embarrasse pas de ce que vous écrivez : il suffit que ce soit de vous pour que vous soyez contrefait sur-le-champ dans les villes suivantes, sans compter celles que j'ignore, Paris, Lyon, Rouen, Avignon, Genève, Lausanne, Francfort, Hambourg, Londres, Liège[2]. » Par ailleurs, confrontés à une énorme demande, ses éditeurs multiplient les réimpressions et constituent sans son aveu des collections de

2. *CC*, t. X, n° 1689.

poche in-octavo ; voici ce qu'il écrit à Rey à ce sujet : « Puisque vous avez fait, Monsieur, sans ma participation une édition de mes ouvrages, même de ceux qui ne vous appartiennent pas, et que par un privilège obtenu vous m'avez dépouillé [*il s'agit du privilège hollandais obtenu en 1761 pour les œuvres antérieures à* Émile] [...] vous avez dû supposer que bonne ou mauvaise, cette édition ne passerait pas sans être désavouée[1]. »

1. CC, t. IX, n° 1471.

Toute une masse imprimée circule donc sous son nom, dans un texte souvent fautif, et qui n'exclut ni les abrégés, ni les versions expurgées, ni même les apocryphes ; enfin, les éditeurs insèrent dans ses *Œuvres* des « dossiers » concernant les scandales liés à son nom dans la chronique de la République des Lettres, notamment l'affaire Montmollin à Môtiers et ses démêlés avec Hume ; c'est donc la situation de fait qui impose à Rousseau de lier l'histoire de sa vie au destin de son œuvre, dont il dénonce ainsi le parasitage dans les *Dialogues* : « Tous ces recueils, grossis de critiques outrageantes, de libelles venimeux, et faits avec l'unique projet de défigurer les productions de l'auteur, d'en altérer les maximes et d'en changer peu à peu l'esprit, ont été dans cette vue arrangés et falsifiés avec beaucoup d'art » (*OC I*, p. 959). *Les Confessions* y impliquaient d'ailleurs Rey, traité de falsificateur dans une note vengeresse : « quand j'écrivais ceci, j'étais bien loin encore d'imaginer, de concevoir, et de croire les fraudes que j'ai découvertes ensuite dans ses impressions de mes écrits, et dont il a été forcé de convenir » (p. 667) ;

Rousseau finira par publier en 1774 une protestation signée dans laquelle il ne reconnaît comme authentiques que ses éditions originales (*OC I*, p. 1186).

« J'espère qu'il aura laissé des manuscrits »

Face au danger de défiguration définitive de sa pensée comme de sa vie, *Les Confessions* et l'édition générale se réunissent donc comme « monument » posthume de son œuvre et de son existence, dont l'édition est confiée à Du Peyrou : « Je lui remis tous les matériaux de cette édition. J'en fis l'arrangement et la distribution. J'y joignis l'engagement de lui remettre les Mémoires de ma vie, et je le fis dépositaire généralement de tous mes papiers, avec la condition expresse de n'en faire usage qu'après ma mort » (p. 754). Ces papiers, c'est sa correspondance classée, à laquelle il renvoie avec précision une trentaine de fois dans *Les Confessions* [1] : un dispositif à plusieurs volets est ainsi agencé pour la postérité, dans lequel ses *Confessions* et leur appareil de preuves (la correspondance) s'articulent à ses autres écrits, d'ailleurs organisés suivant un plan thématique très précis indiqué dans un mémoire à du Peyrou.

En effet, et contrairement à ce que semble suggérer G. Gusdorf, Rousseau ne s'est pas soumis aux pratiques éditoriales de son temps ; c'est même toute une stratégie qu'il développe contre elles : il joue sur la concurrence que se font les libraires, il dénonce les contrefaçons et réimpressions faites contre son aveu, il proteste contre le parasitage de sa

1. Cf. B. Melançon, « Le malentendu épistolaire. Note sur le statut de la lettre dans *Les Confessions* », Littérales, n° 17, 1995.

pensée par ses adversaires ; il réclame enfin une édition de son œuvre basée sur les originaux, geste extrêmement audacieux pour l'époque ; il obtiendra finalement gain de cause, puisque la *Collection complète des Œuvres de J.-J. Rousseau, Citoyen de Genève*, publiée par du Peyrou et Moultou à partir de 1780, est fondée sur les manuscrits qu'il a lui-même collationnés et corrigés, et qu'elle est organisée thématiquement selon le plan qu'il avait indiqué.

On a vu plus haut quelles réactions négatives avait provoquées la publication des *Confessions* dans un certain public ; mais s'il s'est toujours trouvé des lecteurs formés au goût classique pour reprocher à Rousseau « quelque chose de vulgaire, de cynique, de mauvais ton[1] », il avait su se préparer un autre public, à qui il s'adressait en ces termes dans la préface de la *Julie :* « Ce livre n'est point fait pour circuler dans le monde [...]. Quiconque veut se résoudre à lire ces lettres [...] doit se dire d'avance que ceux qui les écrivent ne sont pas des Français, des beaux esprits, des académiciens, des philosophes ; mais des provinciaux, des étrangers, des solitaires, des jeunes gens, presque des enfants » (*OC II*, 5).

En étudiant les lettres à Rousseau des lecteurs du roman, Claude Labrosse a montré quelle révolution dans les rapports de l'auteur à son public il a provoquée : un long dialogue intime s'est engagé sur le mode de l'identification passionnée[2], et c'est sur ces liens tissés avec ses lecteurs ordinaires que Rousseau comptait pour obtenir gain de

1. Chateaubriand, *Mémoires d'outre-tombe*, t. II, Gallimard, Bibliothèque de la Pléiade, p. 793.

2. Cl. Labrosse, *Lire au XVIIIe siècle. « La Nouvelle Héloïse » et ses lecteurs*, Presses universitaires de Lyon, 1985.

cause après sa mort ; on vérifie qu'il ne prêchait pas dans le désert quand on voit ce qu'écrivait à ce propos, en 1777, le jeune négociant rochellois Jean Ranson, à propos d'une édition complète de ses œuvres : « Une chose qui me fait hésiter à en faire l'emplette, c'est le désaveu que cet illustre infortuné fit il y a deux ou trois ans de toutes les éditions de ses ouvrages qui se débitaient alors, n'avouant que la première, qu'il a faite lui-même et qui est épuisée depuis longtemps[1]. » Il y revient l'année suivante, après avoir appris la mort de son grand homme : « Il avait annoncé il y a quelques années qu'aucune des éditions nouvelles de ses œuvres n'était exacte, mais au contraire que toutes étaient remplies de falsifications, suppressions et altérations, même celle de Rey, dont il se plaignait grièvement. J'espère qu'il aura laissé des manuscrits d'après lesquels on pourra en avoir une exempte de toutes ces fautes[2]. »

Avant même la publication de ses œuvres complètes, Rousseau avait ainsi formé la partie du public qui lui était la plus favorable, à une approche critique des textes imprimés sous son nom. Quant aux *Confessions*, elles complètent le dispositif en appelant le lecteur à produire le sens par lui-même, sans s'en remettre à aucune autorité — fût-elle celle de l'auteur : « C'est à lui d'assembler ces éléments et de déterminer l'être qu'ils composent : le résultat doit être son ouvrage », écrit-il en effet à la fin du livre IV (p. 230).

1. Cité par R. Darnton, « La lecture rousseauiste et un lecteur ordinaire au XVIIIe siècle », *in* R. Chartier, *Pratiques de la lecture*, Payot, 1993, p. 180.

2. *Ibid.*, p. 183.

II « CONFESSIONS » MODE D'EMPLOI : L'ÉDUCATION DU LECTEUR

Nous sommes tous de lopins, et d'une contexture si informe et diverse, que chaque pièce, chaque moment, fait son jeu.

Montaigne, *Essais*, II, II.

« Rousseau forme ses lecteurs », écrit Robert Darnton en présentant la double préface de *La Nouvelle Héloïse* : « il leur indique comment il faut aborder ses livres, il les conduit dans ses textes, et il les oriente dans sa rhétorique[1] »; cette éducation de son public, Rousseau ne l'a en effet jamais perdue de vue ; et certaines études récentes ont montré que ce souci constant de le guider dans la lecture de son œuvre est un aspect déterminant de son écriture[2]. Quant aux *Confessions*, il y négocie en permanence avec l'horizon d'attente de ses lecteurs, les initiant progressivement aux difficultés de son écriture et au mode de déchiffrement qu'elle demande. On verra qu'en abordant ainsi l'ouvrage sous l'angle de la méthode de lecture qu'il enseigne, on pénètre du même coup au cœur de l'entreprise[3].

1. R. Darnton, « La lecture rousseauiste... », *op. cit.*, p. 173.

2. Cf. R.-J. Ellrich, *Rousseau and his Reader : the Rhetorical Situation of the Major Works*, University of North Carolina's Studies in the Romance Languages and Literatures, n° 83, 1969 ; C.-A. Beaudry, *The Role of The Reader in Rousseau's « Confessions »*, éd. Peter Lang, New York-Francfort, 1991.

3. Ce chapitre développe l'analyse esquissée dans mon article « C'est à lui d'assembler ces éléments », in *Rousseau, « Les Confessions »*, éd. Ellipses, 1996.

D'UN PRÉAMBULE À L'AUTRE

Dès l'ouverture des *Confessions*, Rousseau s'engage à tout dire, le pire et le meilleur, actions et sentiments : « ce que j'ai fait, ce que j'ai pensé, ce que je fus. J'ai dit le bien et le mal avec la même franchise » (p. 34). On a beaucoup épilogué, dès sa parution jusqu'à nos jours, sur ce préambule, souvent jugé d'un orgueil et d'une mauvaise foi insupportables ; mais on risque ainsi de négliger la portée, à l'échelle du récit pris dans son ensemble, de ce texte chargé d'implicites en dépit de son allure fracassante ; Rousseau développe en effet progressivement les enjeux de sa volonté de tout dire, avec les problèmes qu'elle lui pose concernant sa mémoire, mais aussi dans ses conséquences lorsqu'il doit aborder le récit de sa vie publique.

En réalité, il y a deux préambules dans les *Confessions* : le deuxième ouvre la seconde partie, confirmant mais aussi élargissant le contrat passé dans le premier avec le public. Le livre VI s'achevait sur un satisfecit : le contrat avait été honoré : « telles sont les erreurs et les fautes de ma jeunesse. J'en ai narré l'histoire avec une fidélité dont mon cœur est content » (p. 342). Ce que dit en revanche l'ouverture du livre VII, c'est la difficulté de l'entreprise maintenant que Rousseau doit entrer dans sa vie publique, car il préférerait oublier ses malheurs — « je voudrais pour tout au monde pouvoir ensevelir dans la nuit des temps ce que j'ai à dire » (p. 349) —, d'autant que revient l'avertissement du préambule initial concernant son « défaut de mémoire » (p. 33) : « Ma première partie a été toute écrite de mémoire et j'y ai dû faire beaucoup d'erreurs. Forcé d'écrire la seconde de mémoire aussi, j'y en ferai probablement beaucoup davantage » (p. 347) ; qu'on y ajoute enfin l'obligation de « donner le change » (p. 349) à l'« Argus » de la persécution avide du moindre de ses écrits, et l'on trouvera sans doute que la dynamique de la transparence semble entravée de l'intérieur comme de l'extérieur.

Rousseau ne renonce pourtant pas à la vérité, pourvu qu'on l'entende à sa manière : « c'est l'histoire de mon âme que j'ai promise, et pour l'écrire fidèlement je n'ai pas besoin d'autres mémoires ; il me suffit, comme j'ai fait jusqu'ici, de rentrer au-dedans de moi » (p. 348). Cet approfondissement de la dialectique de la mémoire et de l'oubli ne surgit pas de rien ; c'est en effet au livre III qu'il avait pour la première fois distingué en lui deux types de mémoire : « Il y a des événements de ma vie qui me sont aussi présents que s'ils venaient d'arriver ; mais il y a des lacunes et des vides que je ne peux remplir qu'à l'aide de récits aussi confus que le souvenir qui m'en est resté (...) » (p. 179). Cette opposition sera illustrée par la réminiscence de la pervenche à l'ouverture du livre VI, donnée comme un « exemple qui pourra faire juger » de la « force » et de la « vérité » (289) des souvenirs conservés des Charmettes par contraste avec le flou de ses autres souvenirs ; la charge sensible de la mémoire morale — celle des affects et du sentiment, non celle des faits purs et simples — est ainsi la véritable clef de l'enquête ouverte dans la première partie sur « une certaine succession d'affections et d'idées » (p. 229) modelant depuis l'enfance la personnalité, et qui va se poursuivre dans la seconde partie : « Je n'ai qu'un guide fidèle sur lequel je puisse compter ; c'est la chaîne des sentiments qui ont marqué la succession de mon être, et par eux celle des événements qui en ont été la cause ou l'effet » (p. 348)

Enfin, le préambule de la deuxième partie développe un thème qui n'était annoncé dans le préambule initial que par un engagement à dire « le bien et le mal avec la même franchise » ; Rousseau explique qu'il intégrera désormais directement dans son récit les lettres dont il dispose, « lorsqu'elles (lui) paraîtront fournir quelque éclaircissement, soit à (son) avantage soit à (sa) charge » (p. 349). Or ces lettres sont tirées d'un recueil couvrant « tout le temps de (son) séjour à l'Hermitage et de (sa) grande brouillerie avec (ses) soi-disants amis » (p. 348) ; il prévient donc qu'il va en confesser d'autres que lui.

C'est d'ailleurs ce que redoutaient Hume, Mme d'Épinay et tous ses anciens amis parisiens, comme on l'a vu ; en réalité, cet élargissement de son contrat initial s'était déjà produit au livre VI, à propos de Mme de Warens, lorsque Rousseau reprend son portrait moral entamé au livre II, en évoquant l'inconséquence de ses pratiques galantes. Il s'excuse alors en passant : « Au reste, je compte ici par occasion cette inconséquence avec les autres, quoiqu'elle ait eu toujours peu d'effet dans sa conduite [...] : *mais j'ai promis d'exposer fidèlement ses principes, et je veux tenir cet engagement* » (p. 295 ; je souligne).

En fait, on ne trouve pas trace auparavant de cet engagement la concernant, sinon ceci au livre II : « Ce n'est pas ici le lieu de m'étendre sur ses principes ; j'aurai d'autres occasions d'en parler » (p. 87). En revanche, la fin du livre VI contient une prière à sa protectrice disparue d'où il ressort clairement que Rousseau a consciemment élargi ses confessions à celles de Mme de Warens : « pardonnez, ombre chère et respectable, si je ne fais pas plus de grâce à vos fautes qu'aux miennes, si je dévoile également les unes et les autres aux yeux des lecteurs. *Je dois, je veux être vrai pour vous comme pour moi-même* » (p. 330-331, je souligne). C'est comme son alter ego qu'il la confesse ; on voit en effet revenir des idées clefs du préambule : « Vous eûtes des erreurs et non pas des vices ; votre conduite fut répréhensible, mais votre cœur fut toujours pur. Qu'on mette le bien et le mal dans la balance, et qu'on soit équitable : quelle autre femme, si sa vie secrète était manifestée ainsi que la vôtre, s'oserait jamais comparer à vous ? » (p. 331).

Conséquences inédites de la « sympathie des âmes » : la « vie secrète » de sa protectrice double la sienne, il devait donc la confesser. « Il faut dire tout », écrira-t-il encore, avant d'en agir de même avec Thérèse (p. 704) ; mais cette équité qu'il demande à l'égard de Mme de Warens, il l'avait également exigée pour lui-même dans l'affaire du ruban, lorsqu'il explique qu'après s'être fermement accusé il va remplir la seconde partie du contrat, c'est-à-dire développer ses sentiments : « je ne remplirais pas le but de ce livre, si je n'exposais en même temps mes dispositions intérieures, et que je craignisse de m'excuser en ce qui est conforme à la vérité. Jamais la méchanceté ne fut plus loin de moi que dans ce cruel moment, et lorsque je chargeai cette malheureuse fille, il est bizarre, mais il est vrai que mon amitié pour elle en fut la cause » (p. 127).

Je n'épiloguerai pas sur cette casuistique paradoxale de la bonne intention génératrice d'inavouable dans ses effets ; sauf à remarquer que Rousseau utilise la même image pour dire sa honte à avouer publiquement sa calomnie — « J'aurais voulu m'enfoncer, m'étouffer dans le centre de la terre » *(ibid.)* —, et pour dire la difficulté où le met l'écriture de la seconde partie dans la phrase plus haut citée (p. 349), ce qui irait peut-être dans le sens de la thèse de Paul de Man, pour qui « ce que Rousseau voulait *réellement*, ce n'est ni le ruban ni Marion, mais la scène publique de révélation[1] ». Quoi qu'il en soit, on voit surtout ici ce qui relie la justification de la calomnie par l'exposé de la pureté paradoxale des intentions secrètes à la fin du livre II, et l'annonce au livre VII de la publication des lettres qui doivent révéler, « soit à (son) avantage soit à (sa) charge » (p. 349), les conduites passées à son égard de ceux qui sont devenus ses accusateurs après avoir été ses amis ; dans les deux cas, Rousseau revendique un nouveau style de confession joignant aux pièces de l'accusation celles de la défense : « car je n'ai pas peur que le lecteur oublie jamais que je fais mes confessions pour croire que je fais mon apologie ; mais il ne doit pas s'attendre non plus que je taise la vérité lorsqu'elle parle en ma faveur » (p. 349).

Ce contrat élargi est d'ailleurs justifié en détail à la fin du livre VIII, quand Rousseau est sur le point d'entrer dans le récit des prémisses de sa persécution à venir. Il y rappelle encore l'axe de son travail : « Pour me bien connaître, il faut me connaître dans tous mes rapports, bons et mauvais » (p. 485) ; la fin du livre IV avait développé les implicites de cette thèse : « pour me connaître dans mon âge avancé, il faut m'avoir bien connu dans ma jeunesse » (p. 229) ; à l'âge où il est, poursuit-il au livre VIII, ce sont tous ses rapports sociaux qu'il faut connaître : « mes confessions sont nécessairement liées avec celles de beaucoup de gens » (p. 485) ; telle est la base du contrat élargi, et voici sa

1. P. de Man, *Allegories of Reading*, New Haven-Londres, Yale University Press, 1979. Voir Dossier, p. 217.

formule, où le propos du préambule initial revient, complété d'une clause qui modifie considérablement le thème de la péroraison appelant à une confession universelle suivant son exemple : « je fais les unes et les autres avec la même franchise, en tout ce qui se rapporte à moi, ne croyant devoir à qui que ce soit plus de ménagement que je n'en ai pour moi-même, et voulant toutefois en avoir beaucoup plus. Je veux être toujours juste et vrai, dire d'autrui le bien tant qu'il me sera possible, ne dire jamais que le mal qui me regarde, et qu'autant que j'y suis forcé » *(ibid.)*.

Ce qui sous-tend cet élargissement du contrat, c'est la dimension polémique du champ où interviennent désormais *Les Confessions* : « Si j'étais le maître de ma destinée et de celle de cet écrit, il ne verrait le jour que longtemps après ma mort et la leur. Mais les efforts que la terreur de la vérité fait faire à mes puissants oppresseurs pour en effacer les traces me forcent à faire, pour les conserver, tout ce que me permettent le droit le plus exact et la plus sévère justice » *(ibid.)*. Il y a une guerre des récits autour de son personnage et de sa signification historique : ce n'est plus lui seul qui parlera hautement, « [son] livre à la main », devant l'Éternel et la communauté rassemblée pour le Jugement dernier ; la partie adverse l'y mettra en accusation, munie d'un autre livre que la seconde partie des *Confessions* est consacrée à réfuter : « Si ma mémoire devait s'éteindre avec moi, plutôt que de compromettre personne, je souffrirais un opprobre injuste et passager sans murmure ; mais puisque enfin mon nom doit vivre, je dois tâcher de transmettre avec lui le souvenir de l'homme infortuné qui le porta, tel qu'il fut réellement, et non tel que d'injustes ennemis travaillent sans relâche à le peindre » (p. 486).

Cette entreprise est donnée au livre X (p. 588-591) comme l'œuvre d'un artiste du simulacre, qui est parvenu à « abuser le public entier » à son sujet : « l'effet du tout répondait à la supériorité de son talent » (p. 590), écrit Rousseau, qui entreprend donc dans ses *Confessions* de démystifier tout un mode de lecture de sa vie, afin d'en rectifier l'interprétation. Tel est l'enjeu du travail de formation qu'il engage vis-à-vis de son lecteur.

UNE LOGIQUE PARADOXALE

À la fin du livre III des *Confessions*, en introduction au « troisième aveu pénible » que représente pour lui le récit de l'abandon de M. Le Maître saisi d'une crise de « haut mal » à Lyon, Rousseau écrit ceci : « Je crois avoir déjà remarqué qu'il y a des temps où je suis si peu semblable à moi-même qu'on me prendrait pour un autre homme de caractère tout opposé » (p. 175). Cette brève notation est intéressante pour ce qu'elle illustre de la pédagogie du narrateur à l'égard de son lecteur, lequel est régulièrement convié à revenir en arrière dans sa lecture, afin d'observer des constantes ; c'est au livre I que Rousseau renvoie ici, quand racontant comment il a « volé l'emploi » de l'argent du billet que lui avait acheté Francueil, il enchaîne : « Comme jamais rien ne fut plus éloigné de mon humeur que ce trait-là, je le note, pour montrer qu'il y a des moments où il ne faut point juger des hommes par leurs actions » *(ibid.)*.

Au livre IX, c'est encore cette chaîne de ses moments d'aliénation que le lecteur devra se rappeler pour comprendre l'époque des *Discours* et de la « réforme » : « Qu'on se rappelle un de ces courts moments de ma vie, où je devenais un autre et cessais d'être moi ; on le trouve encore dans le temps dont je parle : mais au lieu de durer six jours, six semaines, il dura près de six ans » (p. 505). Mais il ne fallait pas remonter bien haut dans le livre III, pour retrouver comment Rousseau s'engoue de son ami Bâcle au point d'échanger une carrière prometteuse au service du comte de Gouvon contre les plaisirs du vagabondage : « ce cher voyage était trop empreint dans mon imagination pour que rien pût en balancer le charme. J'étais tout à fait hors de sens » (p. 143) ; plus loin, il donne d'ailleurs sa sujétion à la « folle du logis » comme une constante de son caractère : « Pour concevoir jusqu'où mon délire allait dans ce moment il faudrait connaître à quel point mon cœur est sujet à s'échauffer sur les moindres choses et avec quelle force il se plonge dans l'imagination de l'objet qui l'attire » (p. 144).

Or le lecteur du livre I a déjà été bien préparé à le « concevoir » avec l'anecdote de l'identification à Mucius Scaevola ou le récit des amours romanesques pour Mlle de Vulson par exemple. C'est en effet une personnalité aux tendances absolument contradictoires que forme l'éducation genevoise, partagée entre un père romanesque et passionnément républicain et une tante sans doute excessivement protectrice : « Telles furent les premières affections de mon entrée à la vie : ainsi commençait à se former ou à se montrer en moi ce cœur à la fois si fier et si tendre, ce caractère efféminé, mais pourtant indomptable, qui, flottant toujours entre la faiblesse et le courage, entre la mollesse et la vertu, m'a jusqu'au bout mis en contradiction avec moi-même » (p. 41).

Voilà donc la grille selon laquelle Rousseau entend qu'on analyse ses contradictions : une grille où les premières impressions de l'enfance jouent un rôle déterminant dans la genèse de la personnalité (comme chez Locke et les sensualistes), mais avec l'interrogation qui lui est propre sur la logique spécifique qui y préside, dont il souligne dans un autre passage du livre I combien elle échappe, par son caractère paradoxal, aux formes ordinairement reçues de la causalité. Ce passage se trouve à la jonction de l'évocation du plaisir pervers procuré par le « châtiment des enfants » et de celle des conséquences morales du châtiment injuste supporté à l'occasion de l'affaire du peigne brisé : « En remontant de cette sorte aux premières traces de mon être sensible, je trouve des éléments qui, semblant quelquefois incompatibles, n'ont pas laissé de s'unir pour produire un effet uniforme et simple, et j'en trouve d'autres qui, les mêmes en apparence, ont formé, par le concours de certaines circonstances, de si différentes combinaisons, qu'on n'imaginerait jamais qu'ils eussent entre eux aucun rapport » (p. 48).

L'un des exemples de ces « combinaisons » paradoxales, c'est qu'il « alli[e] une avarice presque sordide avec le plus grand mépris pour l'argent » (p. 71) ; on y voit justement à l'œuvre la pédagogie du narrateur à l'égard du lecteur, puisque ce paradoxe est donné comme « une de [ses] prétendues contradictions » qu'explique le développement qu'il vient de consacrer à l'embarras insurmontable où le met la nécessité d'avoir à dépenser aux yeux d'autrui ; l'auteur élide alors le détail des exemples qu'il pourrait encore fournir, en suggérant au lecteur d'analyser ce qui viendra dans la suite du récit avec cet élément d'interprétation donné une fois pour toutes, sans qu'il soit désormais besoin de le lui rappeler : « J'entrerais dans les plus insipides détails, si je suivais dans l'emploi de mon argent, soit par moi, soit par d'autres, l'embarras, la honte, la répugnance, les inconvénients, les dégoûts de toute espèce que j'ai toujours éprouvés. *À mesure qu'avançant dans ma vie le lecteur prendra connaissance de mon humeur, il sentira tout cela sans que je m'appesantisse à le lui dire* » (*ibid.* ; je souligne).

Il s'agit donc bien d'acclimater le lecteur à un nouveau type de causalité, à une autre logique, qui ne vaut d'ailleurs pas pour Rousseau seul, mais aussi pour ce double inversé de lui-même qu'est Mme de Warens, à propos de laquelle il s'attend à être « accusé de contradiction » en donnant l'alliance chez elle d'un « caractère sensible » et d'un « tempérament froid » comme clef d'un libertinage qui s'ignore : « il se peut, ajoute-t-il, que la nature ait eu tort et que cette combinaison n'ait pas dû être ; je sais seulement qu'elle a été » (p. 258).

UNE CAUSALITÉ ÉNIGMATIQUE

Quant à lui, et de façon presque systématique, il attire l'attention sur l'illogisme apparent du déroulement de son existence ; à cet égard, des formules comme : « Qui croirait que... ? » (p. 45, 48), « on croira que [...] on se trompera » (p. 55), « On croira... Rien de tout cela » (p. 108), ou encore : « Que pensera donc le lecteur quand je lui dirai... » (p. 501), annoncent toujours des zones d'énigme où s'exhibent les « singularités », « bizarreries », « égarements » et autres « inconséquences » de sa personnalité et de son destin : « il est bizarre, mais il est vrai que mon amitié pour elle en fut la cause », écrit-il, ainsi qu'on l'a vu, comme excuse à son comportement vis-à-vis de Marion (p. 127). Moins diplomatiquement, le voici coupant la parole au lecteur curieux de savoir qui d'autre que lui aurait pu briser le fameux peigne de Mlle Lambercier : « Qu'on ne me demande pas comment ce dégât se fit : je l'ignore et ne puis le comprendre » (p. 49) ; si le peigne a été brisé, c'est par l'opération du Saint-Esprit : « ce dégât se fit », « il s'en trouva un dont tout un côté de dents était brisé » : le crime s'est produit à l'impersonnel, la cause efficiente en est dérobée ; ne subsiste que la logique condamnatrice du paraître qui exige un coupable : « Je n'avais pas encore assez de raison pour sentir combien les apparences me condamnaient, et pour me mettre à la place des autres » (p. 50). Or, ce que demande l'auteur au lecteur, c'est précisément de se mettre à sa place pour vivre avec lui, avec l'enfant qu'il était alors, la désagrégation de sa personnalité : « quel renversement d'idées ! quel désordre de sentiments ! quel bouleversement dans son cœur, dans sa cervelle, dans tout son petit être intelligent et moral ! Je dis qu'on s'imagine tout cela, s'il est possible, car pour moi, je ne me sens pas capable de démêler, de suivre, la moindre trace de ce qui se passait alors en moi » *(ibid.)*.

Dans le préambule de Neuchâtel, Rousseau expose la difficulté qu'il aperçoit à devoir « suivre le fil de [ses] dispositions secrètes » et à « montrer comment chaque impression qui a fait trace en [son] âme y entra pour la première fois[1] » ; il se demande « quel ton, quel style prendre pour débrouiller ce chaos immense de sentiments, si divers, si contradictoires[2] » ; ce que dit le passage précédemment cité, c'est qu'à peine engagé « dans le labyrinthe obscur et fangeux de [ses] confessions » (p. 48), le narrateur perd le fil dès l'épisode du peigne brisé et en appelle au lecteur pour le suppléer ; or on découvre à l'ouverture du livre XII, alors que Rousseau entreprend le récit des persécutions qui suivent sa fuite en Suisse après que le Parlement de Paris l'a décrété de prise de corps, que la situation est exactement la même : le narra-

1. Voir Dossier, p. 167.

2. *Ibid.*

teur se dit en effet incapable « de remonter à la main motrice, et d'assigner les causes en disant les faits » (p. 698), c'est-à-dire d'expliciter la causalité qui préside aux événements qu'il raconte.

Cette mise en exergue de l'incompréhensible aux yeux des acteurs mêmes n'est pas propre à Rousseau : c'est le cœur de l'expérience tragique depuis Sophocle ; et dans le registre des Mémoires, Retz en tire argument contre l'Histoire de cabinet : « il n'est pas étrange que les historiens qui traitent des matières dans lesquelles ils ne sont pas entrés eux-mêmes s'égarent si souvent, *puisque ceux mêmes qui en sont les plus proches ne se peuvent défendre*, dans une infinité d'occasions, *de prendre pour des réalités des apparences quelquefois fausses dans toutes les circonstances*[1] ».

---

1. Cardinal de Retz, *op. cit.*, p. 766 (je souligne).

S'il s'est jusque-là appliqué à tout dire de ce qui le concerne, c'est à ses lecteurs qu'il est demandé de « dire en quoi ces diverses causes se combinent pour opérer les étranges événements de [sa] vie » car il se « perd » pour sa part « dans la route obscure et tortueuse [de ces] souterrains » (p. 699).

LIRE AUTREMENT

Rousseau écrit contre la cohérence menteuse des récits qui courent sur son compte : « comment n'empoisonneraient-ils pas sa vie, que le public ne connaît que sur leur rapport ? » (*OC I*, p. 903) ; quant à son propre récit, le lecteur doit comprendre que le sens s'y dérobe, et que s'il ne lui paraît pas tel c'est mauvais signe, car cela veut dire que sa lecture est programmée par la vulgate qu'ont répandue les adversaires de l'auteur : « j'ai l'air d'un homme qui se plaint sans sujet, et les auteurs de ma ruine ont trouvé l'art inconcevable de rendre le public complice de leur complot sans qu'il s'en doute lui-même et sans qu'il en aperçoive l'effet » (p. 362). C'est cette unité factice d'une lecture artificieuse de sa vie qu'il entreprend de briser en affichant les énigmes patentes de son destin ; il faut donc le lire « en figures » ; se saisir des fractures qu'affiche souvent la surface de son récit pour en chercher la signification cachée.

« Quand on surprend une lettre importante où l'on trouve un sens clair, et où il est dit néanmoins que le sens en est voilé et obscurci, qu'il est caché en sorte qu'on verra cette lettre sans la voir et qu'on l'entendra sans l'entendre, que doit-on penser sinon que c'est un chiffre à double sens ? Et d'autant plus qu'on y trouve des contradictions manifestes dans le sens littéral[1] ?»

Les *Confessions* doivent se lire autrement que comme de simples Mémoires, les *Dialogues* le rediront : « Quant à ceux qui ne veulent qu'une lecture agréable et rapide, ceux qui n'ont cherché, qui n'ont trouvé que cela dans mes *Confessions*, ceux qui ne peuvent souffrir un peu de fatigue ni soutenir une attention suivie pour l'intérêt de la justice et de la vérité, ils feront bien de s'épargner l'ennui de cette lecture » (*OC I*, p. 666).

Cette *lectio difficilior*, l'ouverture du livre XII la présente ainsi : « Si parmi mes lecteurs il s'en trouve d'assez généreux pour vouloir approfondir ces mystères et découvrir la vérité, qu'ils relisent avec soin les trois précédents

1. Pascal, *Pensées*, n° 291 (Sellier), n° 260 (Lafuma), n° 678 (Brunschvicg).

livres ; qu'ensuite à chaque fait qu'ils liront dans les suivants ils prennent les informations qui seront à leur portée, qu'ils remontent d'intrigue en intrigue et d'agent en agent jusqu'aux premiers moteurs de tout » (p. 698). Au rebours de la lecture courante en matière de « Vies » et de Mémoires, le sens doit être construit contre la linéarité du récit : il faut en briser la cohérence afin de repérer les indices d'une causalité masquée, et faire appel au contexte extradiégétique, lequel comporte également le « recueil » de lettres dont Rousseau prévoit la publication.

Rousseau n'envisage pas la publication des *Confessions* sans celle du recueil de lettres qu'il a constitué, lequel a statut de « preuve » à ses yeux et dont il donne les références précises dans le cours du récit chaque fois qu'il veut y renvoyer le lecteur. Par exemple, telle lettre de l'abbé Trublet du 13 juin 1760 est classée dans la « liasse D, n° 11 » (p. 643). On compte trente-quatre renvois au « recueil » dans *Les Confessions*.

C'est donc une véritable exégèse qui est demandée, laquelle passe par un « tout lire » soigneux, à la mesure du « tout dire » (p. 230) de l'auteur : « si la nature a bien ou mal fait de briser le moule dans lequel elle m'a jeté, c'est ce dont on ne peut juger qu'après m'avoir lu » (p. 33).

Ce lecteur existe, c'est l'« Être éternel » : « j'ai dévoilé mon intérieur tel que tu l'as vu toi-même » ; mais si Celui qui sonde les reins et les cœurs peut embrasser d'un seul regard le détail et le Tout de cette existence dans leur simultanéité, il n'en va pas de même des hommes, qui sont soumis au temps et à qui l'on ne peut « tout dire à la fois » (p. 150) ; c'est un leitmotiv des *Confessions* et c'est un aspect important de leur nouveauté dans le champ des écritures de soi, en particulier par rapport à la tradition des autobiographies spirituelles chrétiennes, toujours écrites comme des prières et donc relativement peu concernées par le souci de justification à l'égard des hommes qui obsède Rousseau ; d'où un « comment dire » (p. 289) dont l'exigence est déclinée tout au long de la première partie, car une chose est de vouloir « rendre [son] âme transparente, aux yeux du lecteur » (p. 229), autre chose est de parvenir à s'en faire lire jusqu'au bout sans « taire des vérités » (p. 230) et sans qu'aucun détail utile soit omis, particulièrement ceux qui touchent aux premières impressions de l'enfance ; il en était d'ailleurs pleinement conscient dès le premier préambule : « Que de riens, que de misères ne faut-il point que j'expose, dans quels détails révoltants, indécents, puérils et souvent ridicules ne dois-je pas entrer [...] tandis que je rougis seulement à penser aux choses qu'il faut que je dise, je sais que des hommes durs traiteront encore d'impudence l'humiliation des plus pénibles aveux[1]. »

1. Voir Dossier, p. 167.

Rousseau sait qu'il va bousculer un lectorat habitué à l'éthique sublime des Mémoires aristocratiques et de sa *Julie*, ou à la psychologie raffinée des pseudo-Mémoires romanesques de Marivaux ou de Crébillon, dans lesquels l'analyse, pour soucieuse qu'elle soit de rendre la complexité du cœur, reste soumise aux bienséances, gaze le scandaleux par l'équivoque et bannit le détail inutile.

À cet égard, on trouve dans la première partie de l'ouvrage un certain nombre de passages clefs, où l'auteur initie progressivement son lecteur au type d'approche qu'il souhaite pour son œuvre. Car s'il y a « pacte » avec le lecteur ici, il ne se résume pas à l'identité posée dès le préambule entre l'auteur, le narrateur et le héros : ce qui importe surtout à l'auteur en effet, c'est d'obtenir l'assentiment progressif du lecteur à la logique singulière de cette écriture dont il lui propose de se faire l'exégète. Il s'agit donc d'une *négociation* permanente, laquelle se mène sur plusieurs plans.

Le premier est celui de la recevabilité du détail puéril ; le problème est abordé au livre I, en introduction à l'épisode du noyer de Bossey, et le narrateur y revient à la fin du livre IV, comme justification des « longs détails de [sa] première jeunesse » (p. 229). C'est bien d'une négociation qu'il s'agit au livre I : l'auteur se dit parfaitement conscient de prendre le risque d'ennuyer le lecteur en lui parlant de son enfance, cela lui est cependant nécessaire ; mieux : la mémoire des premières années est si prégnante en lui qu'elle nourrit l'écriture de toute son authenticité retrouvée ; il s'agit donc d'accorder au mieux les plaisirs de chacun : « Je sais bien que le lecteur n'a pas grand besoin de savoir tout cela, mais j'ai besoin, moi, de le lui dire. Que n'osé-je lui raconter de même toutes les petites anecdotes de cet heureux âge, qui me font encore tressaillir d'aise quand je me les rappelle ! Cinq ou six surtout... Composons. Je vous fais grâce des cinq ; mais j'en veux une, une seule, pourvu qu'on me la laisse conter le plus longuement qu'il me sera possible, pour prolonger mon plaisir » (p. 52).

C'est en fait une clef de son écriture que Rousseau livre ici sous figure de contrat ; très lucidement, il mesure les difficultés insurmontables pour un lecteur de son époque, d'un récit que régirait la seule logique des associations procurées par la mémoire spontanée (voie où s'aventure d'ailleurs Sterne en 1759, avec *Tristram Shandy*) ; néanmoins, engagé dans l'entreprise du « tout dire », l'auteur choisit de livrer la partie pour le tout et l'histoire du noyer de Bossey comme paradigme de tous les faits de « ce temps-là » *(ibid.)* qu'il ne racontera pas.

Mais ce dont le lecteur s'aperçoit très vite en lisant la suite, c'est qu'on lui propose en réalité une nouvelle version de ce qu'il a déjà lu ; l'épisode intervient en effet à la fin d'une séquence de réminiscence qui succède immédiatement au récit de la séparation suivant l'affaire du châtiment injuste ; après avoir évoqué une longue amnésie : « Près de trente ans se sont passés depuis ma sortie de Bossey sans que je m'en sois rappelé le séjour d'une manière agréable par des souvenirs un peu liés » *(ibid.)*, le narrateur en fait jaillir trois souvenirs heureux : solitude tranquille de l'enfant étudiant dans une chambre ouverte sur la nature, culbute de Mlle Lambercier devant le roi de Sardaigne, histoire du noyer de la terrasse enfin ; or ces trois tableaux reprennent en abrégé toute la séquence de

Bossey, le premier condensant l'éducation tempérée donnée par le pasteur, les deux suivants rejouant ironiquement les deux épisodes précédant l'exil : celui de la fessée, avec le « derrière de Mlle Lambercier [...] étalé tout en plein devant le roi de Sardaigne » *(ibid.)*, puis celui du châtiment injuste avec l'épisode du noyer, dans lequel, à l'inverse de ce qui s'est produit lors de l'affaire du peigne où les deux cousins sont dramatiquement punis malgré leur innocence, leur « larcin » ne leur vaut cette fois pas d'autre châtiment que la destruction de leur aqueduc souterrain, ensuite de quoi « tout fut fini » (p. 55).

DU SENTIMENT COMME LITTÉRATURE

Le lecteur se trouve ainsi introduit au mode de composition cyclique caractéristique de l'écriture des *Confessions*, mais surtout à la manière dont fonctionne la mémoire réminiscente du narrateur, en tant qu'elle révèle après coup une vérité invisible au moment où les événements en question se produisaient ; cette mémoire jaillie de l'oubli est en effet donnée par Rousseau comme une instance de jugement infaillible lorsqu'il s'agit d'évaluer les événements de sa vie passée ; il l'écrivait dans la quatrième de ses *Lettres morales* adressées à Sophie d'Houdetot, en lui demandant de pratiquer à son exemple un retour sur elle-même qui lui permettrait de retrouver dans son âme la voix de l'« instinct divin » : « Ce principe dont je vous parle ne me sert pas seulement à diriger mes actions présentes sur la règle qu'il me prescrit, mais encore à faire une juste estimation de ma conduite passée, la blâmant souvent quoique bonne en apparence, l'approuvant quelquefois quoique condamnée des hommes et ne me rappelant les événements de ma jeunesse que comme une mémoire locale des diverses affections qu'ils ont occasionnées en moi[1]. »

Ces « affections » retrouvées, l'ouverture du livre VII les désigne précisément, on l'a vu, comme seul « guide fidèle » de son récit (p. 348). Que le lecteur entre dans cette problématique est absolument décisif aux yeux de Rousseau, qui lui demande d'abandonner le souci de la vérité factuelle, toujours relative, pour s'occuper de la seule dimension morale : « Je puis faire des omissions dans les faits, des transpositions, des erreurs de dates ; mais je ne puis me tromper sur ce que j'ai senti, ni sur ce que mes sentiments m'ont fait faire ; et voilà de quoi principalement il s'agit » *(ibid.)*. Ce que l'auteur s'engage à produire et ce sur quoi il demande à être jugé, c'est « l'histoire de [son] âme », laquelle exige une lecture adéquate au type de mémoire qui la conduit : « J'oublie aisément mes malheurs ; mais je ne puis oublier mes fautes, et j'oublie encore moins mes bons sentiments. Leur souvenir m'est trop cher pour s'effacer jamais de mon cœur » *(ibid.)*.

Mais quel est justement le fond de cette mémoire morale chez Rousseau ? Les premières pages du livre I donnent la réponse,

1. Voir Dossier, p. 197.

ce sont les romans de la bibliothèque maternelle dévorés des nuits durant avec le père : « Je n'avais aucune idée des choses, que tous les sentiments m'étaient déjà connus. Je n'avais rien conçu, j'avais tout senti. Ces émotions confuses, que j'éprouvais coup sur coup, n'altéraient point la raison que je n'avais pas encore ; mais elles m'en formèrent une d'une autre trempe, et me donnèrent de la vie humaine des notions bizarres et romanesques, dont l'expérience et la réflexion n'ont jamais bien pu me guérir » (p. 37). Les *Vies* de Plutarque y ajoutent la note antique, comme on sait ; mais il y a là un clin d'œil aux lecteurs, qui savent bien eux aussi, pour les avoir vécues dans leur jeunesse, les délices et les fureurs du grand romanesque.

« En 1730, on connaissait aussi la nostalgie de l'héroïsme, des amours sublimes, du romanesque ; ces anciens romans dédaignés, on les connaissait bien[1]. » Les Mémoires du XVIIe siècle (dont beaucoup paraissent au XVIIIe siècle) sont truffés d'allusions aux romans de chevalerie et de références à Plutarque ; le Pharsamon de Marivaux a lu *Amadis* ; le jeune héros des *Égarements du cœur et de l'esprit* de Crébillon croit encore à l'amour courtois.

1. J. Sgard, *Prévost romancier*, J. Corti, 1968, p. 151.

La passion des romans est d'ailleurs un trait marquant du récit d'enfance et de jeunesse dans la *Vie* de Thérèse d'Avila ou le *Testament* d'Ignace de Loyola :

C'est « à l'âge de raison » que sainte Thérèse découvre les romans de chevalerie et passe « de longues heures du jour et de la nuit dans une occupation aussi vaine[1] » ; à vingt-six ans, Ignace de Loyola s'adonne encore « à la lecture des livres mondains et vains qu'on appelle romans de chevalerie[2] ».

En outre, la dénonciation de l'effet nocif des fictions est un lieu commun de la pensée et de la pédagogie chrétiennes, depuis saint Augustin[3] jusqu'aux jésuites du XVIIIe siècle.

« Pour s'instruire du mal, point n'est besoin d'une longue pratique et de longues lectures. Souvent, à peine le livre ouvert, en quelques instants le malheureux enfant connaît tout[4] », écrit le père Porée, professeur à Louis-le-Grand.

Ainsi en 1735, quand la Compagnie de Jésus demande au père Bougeant d'écrire une satire de la Romancie, celui-ci montre son héros victime d'une mère qui, « ayant lu par hasard [...] que rien n'est plus propre que cette lecture pour former le cœur et l'esprit des jeunes personnes, [...] se crut obligée en conscience de me faire lire le plus que je pourrais de romans, pour m'inspirer de bonne heure l'amour de la vertu et de l'honneur, l'horreur du vice, la fuite des passions, le goût du vrai, du grand, du solide et de tout ce qu'il y a de plus estimable[5] ». Le résultat ne se fait pas attendre : « agité de mille mouvements inconnus, le cœur plein de beaux sentiments, et l'esprit rempli de grandes idées, je commençai à me dégoûter de tout ce qui m'environnait[6] » ; or c'est exactement ainsi que Rousseau se présente dans sa deuxième des *Lettres à Malesherbes*, en parlant de « ce goût héroïque et romanesque qui n'a fait qu'augmenter jusqu'à présent, et qui acheva

1. Th. d'Avila, *Vie écrite par elle-même*, Le Seuil, 1995, chap. II, p. 23.

2. I. de Loyola, *Exercices spirituels*, précédés du *Testament*, Arléa, 1991, p. 26-27.

3. Le chap. XIII du livre I des *Confessions* s'intitule : « De la vanité des fables et des fictions poétiques qu'il aimait avec passion ».

4. In G. Snyders, *La pédagogie en Fance aux XVIIe et XVIIIe siècles*, PUF, 1965, p. 42.

5. P. Bougeant, *Voyage merveilleux du Prince Fan-Férédin dans la Romancie* (1735), Presses universitaires de Saint-Étienne, 1992, p. 37.

6. *Ibid.*, p. 37.

de me dégoûter de tout, hors ce qui ressemblait à mes folies[1] ». La différence, et c'est sa nouveauté, c'est qu'il y décèle l'infrastructure de sa personnalité adulte, car il s'agit là d'« un penchant qui a modifié toutes [ses] passions » (p. 75).

1. Voir Dossier, p. 170-171.

S'il est donc coupable, que ceux qui ont lu ses *Discours* et l'*Émile* y trouvent une vérification de ses analyses : il est victime des livres depuis son enfance : c'est ainsi pour rivaliser avec César (autre topos des Mémoires et des romans), que les deux cousins dérobent l'eau du noyer à Bossey ; c'est par « amitié » que Rousseau charge Marion (p. 127) et c'est la *République* de Platon qui justifie le recours aux Enfants-Trouvés (p. 437). Mais d'un autre côté, c'est la « constance » (p. 49) de Mucius Scaevola ou de Caton qui nourrit la résistance de l'enfant aux imputations injustes des Lambercier, et c'est encore « ce premier levain d'héroïsme et de vertu que [son] père, et [sa] patrie, et Plutarque » avaient mis en lui dans son enfance, qui lui permet de dénoncer les « maximes de son siècle » après le succès de son premier premier *Discours* (p. 436) : « quoique né homme à certains égards, j'ai été longtemps enfant, et je le suis encore à beaucoup d'autres [...]. Comme [...] toutes mes idées sont en images, les premiers traits qui se sont gravés dans ma tête y sont demeurés, et ceux qui s'y sont empreints dans la suite se sont plutôt combinés avec eux qu'ils ne les ont effacés » (p. 229).

Écrire sa vie, n'est-ce pas dès lors se ressouvenir incessamment des mêmes fables sous couvert d'en conter de nouvelles ? À cet égard, les plaisirs de la botanique disent la vérité de l'écriture réminiscente, qui « observ[e] mille et mille fois les mêmes choses, et toujours avec le même intérêt » car il y a là « de quoi passer l'éternité sans pouvoir [s']ennuyer un moment (p. 757). Mais si la répétition est un charme de l'écriture ainsi comprise, elle est aussi un danger majeur quand on se place au point de vue du lecteur ; Rousseau s'en excuse en de nombreux endroits des *Confessions*, mais c'est au début du livre VI que le problème est posé dans toute son ampleur, quand il s'agit d'entreprendre le récit du bonheur aux Charmettes : « Comment ferai-je pour prolonger à mon gré ce récit si touchant et si simple, pour redire toujours les mêmes choses, et n'ennuyer pas plus mes lecteurs en les répétant que je ne m'ennuyais moi-même en les recommençant sans cesse ? » (p. 288).

On retrouve les termes mêmes de la négociation joueuse du livre I, qui préludait au récit des anecdotes de « ce temps-là » de l'enfance ; ici aussi, l'écriture est envisagée comme un *prolonga diem* de la mémoire, nécessaire au bonheur du narrateur ; ici aussi, il faut trouver une solution compatible avec un horizon de réception dont le romancier de *La Nouvelle Héloïse* connaît les possibles mais aussi les limites. Comme à l'ouverture du récit des souvenirs heureux de Bossey, le narrateur du livre VI signale d'ailleurs la possibilité d'une autre écriture que celle qu'il pratique, une écriture qui se soumettrait à toutes les récurrences associatives de la mémoire spontanée : « je me répète souvent, mais je me répéterais bien davantage si je disais la même chose autant de fois qu'elle me vient dans l'esprit » (p. 301) ; ce qu'il livre procède donc d'une sélection : « Dans tant de menus détails qui me charment et dont j'excède souvent mon lecteur, je mets pourtant une discrétion dont il ne se douterait guère, si je n'avais soin de l'en avertir » (p. 300).

Outre le danger du ressassement, c'est la narrativité elle-même qui est ici menacée ; en effet, si, à tout prendre, les fameux détails de l'enfance pouvaient encore s'articuler en « anecdotes », c'est-à-dire en récit, l'énonciation du bonheur des Charmettes se dérobe à tout récit événementiel : « Encore si tout cela consistait en faits, en actions, en paroles, je pourrais le décrire et le rendre en quelque façon ; mais comment dire ce qui n'était ni dit, ni fait, ni pensé même, mais goûté, mais senti, sans que je puisse énoncer d'autre objet de mon bonheur que ce sentiment même » (p. 288-289). Dans le préambule de Neuchâtel, Rousseau envisageait d'écrire sur un double registre : « je peindrai doublement l'histoire de mon âme, savoir au moment où l'événement m'est arrivé et au moment où je l'ai décrit[1] ». Or ici, l'« événement » se trouve absorbé par le « senti », qui reste la seule chose à dire : « Encore un coup, le vrai bonheur ne se décrit pas, il se sent, et se sent d'autant mieux qu'il peut le moins se décrire, parce

1. Voir Dossier, p. 167.

qu'il ne résulte pas d'un recueil de faits, mais qu'il est un état permanent » (p. 300-301).

La solution adoptée, c'est d'abord la fameuse litanie du bonheur, qui condense poétiquement toute l'époque des Charmettes dans une cellule narrative minimale traitée à l'itératif et rythmée par le refrain du « j'étais heureux » ; c'est ensuite un développement sur la vérité sans faille de la mémoire réminiscente du narrateur, dont l'épisode de la pervenche est donné comme preuve irrécusable.

Ce procédé est appelé à une longue fortune littéraire ; c'est ainsi, par exemple, que Pierre Magnan atteste l'infaillibilité de sa mémoire dans sa biographie de Giono : « La raison pour laquelle je raconte ici ces bagatelles n'a rien à voir avec ma propre vie. Elles sont placées là comme témoins pour donner une idée à peu près juste de ce qu'est ma mémoire[1]. »

---

1. *Pour saluer Giono*, Gallimard, Folio, 1990, p. 48.

C'est enfin toute une stratégie qui s'éclaire : introduisant le lecteur à l'indicible du bonheur, Rousseau l'introduit du même coup au cœur de sa sensibilité, lui imposant de renoncer au narré pour écouter une mélodie qu'il peut retrouver en lui-même s'il a vibré avec les belles âmes de Clarens — et Rousseau sait par les centaines de lettres qu'il a reçues que l'osmose des cœurs sensibles est précisément le premier résultat de son roman.

Mais ce qu'il se propose sans doute surtout ici, c'est de faire sentir à quel point la mémoire particulière qui guide *Les Confessions* est infaillible pour ce qui touche à l'essentiel, car elle est un *vivere bis* : « Rien de tout ce qui m'est arrivé durant cette époque chérie, rien de ce que j'ai fait, dit et pensé tout le temps qu'elle a duré, n'est échappé de ma mémoire. Les temps qui précèdent et qui suivent me reviennent par intervalles ; je me les rappelle inégalement et confusément : mais je me rappelle celui-là tout entier comme s'il durait encore » (p. 289).

Il faut bien voir le caractère démonstratif de toute cette ouverture, qu'on peut lire comme une sorte de plaidoyer dans les formes : exorde au « court bonheur » sous l'invocation d'Horace et du *locus amoenus* antique, *captatio benevolentiae* du « comment dire », engagement à la vérité, preuve enfin, fournie par l'épisode de la pervenche : « Le lecteur peut juger par l'impression d'un si petit objet, de celle que m'ont faite tous ceux qui se rapportent à la même époque » (p. 290).

Du même coup c'est le témoignage du récit tout entier qui doit se trouver validé, puisque « un si petit objet » n'est qu'un autre nom pour les « détails » et autres « anecdotes » de ce « tout dire » où l'auteur s'est engagé : « Non seulement je me rappelle les temps, les lieux, les personnes, écrit-il ainsi à propos de ses souvenirs de la maîtrise d'Annecy, mais tous les objets environnants, la température de l'air, son odeur, sa couleur, une certaine impression locale qui ne s'est fait sentir que là, et dont le souvenir vif m'y transporte de nouveau » (p. 169).

On voit ainsi comment la chaîne des scènes de réminiscence acclimate progressivement le lecteur à ce que nous connaissons depuis Proust comme mémoire « affective », en tant qu'elle porte « l'édifice immense du souvenir ». Mais on voit surtout combien

Rousseau est soucieux d'introduire son lectorat aux problèmes littéraires que pose la conduite du récit par ce type de mémoire (qui chez lui n'est pas occasionnelle mais permanente) : se mettre à son écoute, c'est faire éclater les formes reçues de la narrativité et ouvrir un champ nouveau pour l'écriture de soi, où le détail prolifère et où guette le ressassement, tandis que « ce qui importe vraiment au sujet », à savoir les états de la sensibilité, échappe à tout récit possible. Rousseau invente donc une narrativité circulaire où le Même revient dans l'Autre à tous les niveaux d'un feuilleté narratif dont la structure est originairement marquée dans le premier livre des *Confessions*, lequel, au dire de Marcel Raymond, contient tous les suivants.

STRUCTURE : LA SYMPHONIE EST DANS SON OUVERTURE

« On peut concevoir une analyse qui ressemblerait un peu à une analyse musicale. Aussi bien le Premier Livre des *Confessions* se présente-t-il comme une ouverture où apparaissent successivement, *dans un certain ordre*, plusieurs des thèmes qui seront développés ensuite dans l'ensemble de la symphonie. On comparerait également ce Premier Livre à un microcosme auquel " correspondrait " l'ouvrage entier en douze Livres, le Premier annonçant les principaux traits d'une physionomie qui se dévoilerait progressivement[1]. »

Pour vérifier cela, et pour corser un peu les choses, travaillons sur la seconde partie, généralement considérée, et par Rousseau lui-

1. M. Raymond, *Jean-Jacques Rousseau : la quête de soi et la rêverie*, J. Corti, 1962, p. 91.

même d'ailleurs (p. 349), comme littéraire-ment moins travaillée que la première : vers le milieu du livre I, en ouvrant la séquence de Bossey, il écrit ceci : « Je crois que jamais individu [...] n'eut naturellement moins de vanité que moi. Je m'élevais par élans à des mouvements sublimes, mais je retombais aussitôt dans ma langueur » (p. 43) ; ce thème, qui n'est livré ici que parmi d'autres, devient à l'ouverture de la seconde partie la clef du récit dans son ensemble : car si la première partie raconte une « vie oiseuse et tranquille », résultant d'un « naturel ardent, mais faible [...], sortant du repos par secousses, mais y rentrant par lassitude et par goût » (p. 347), la seconde en revanche sera celle de tous les excès : « fautes énormes [...], malheurs inouïs, et toutes les vertus, excepté la force » *(ibid.)* ; c'est bien dans cet éclairage que le livre IX présente l'état d'« effervescence » continu où le tient « près de six ans » le personnage de censeur de son siècle qui s'est emparé de lui, jusqu'à ce que le séjour de l'Ermitage le rende (provisoirement) à son naturel : « je redevins craintif, complaisant, timide en un mot, le même Jean-Jacques que j'avais été auparavant » (p. 505). Auparavant ? Il était né fils de citoyen et de citoyenne, et le livre VIII raconte le retour du fils prodigue à Genève, « fêté dans tous les États », « admis à la communion, et réintégré dans [ses] droits » (p. 478) ; voilà pour l'homme public, mais l'homme intérieur ? Il parle au livre I : « un de mes plus agréables projets dans mon voyage de Genève, en 1754, était d'aller à Bossey y revoir les monuments des jeux de mon enfance » (p. 55).

Au livre IX, le vide au cœur préludant à la réminiscence des amours de la jeunesse (rime majeure s'il en est, d'autant que l'Ermitage fut d'abord vécu comme un retour aux Charmettes) est comblé par les chimères puis l'écriture, comme, à la fin du livre I, les émois sensuels d'un apprenti qui ne fait plus que lire trouvent leur issue dans des romans imaginaires dont il se fait le héros ; Rousseau souligne d'ailleurs la rime : « Que fis-je en cette occasion ? Déjà mon lecteur l'a deviné, pour peu qu'il m'ait suivi jusqu'ici. L'impossibilité d'atteindre aux êtres réels me jeta dans le pays des chimères [...] que mon imagination créatrice eut bientôt peuplé d'êtres selon mon cœur » (p. 517). C'est bien ce qu'annonçait le livre I : « On verra plus d'une fois dans la suite les bizarres effets de cette disposition [...] qui vient en effet d'un cœur trop affectueux, trop aimant, trop tendre, qui, faute d'en trouver d'existants qui lui ressemblent, est forcé de s'alimenter de fictions » (p. 75).

Et c'est sans doute encore le livre I qui se profile en filigrane du livre X, lorsque celui qui se disait élevé comme un « enfant des rois » (p. 39) se flatte de fréquenter en M. de Luxembourg, « l'ami particulier du Roi » (p. 621), et trouve dans la maîtresse du prince de Conti une âme de son niveau : « elle affectait l'esprit romain, et moi, je l'eus toujours romanesque » (p. 647) ; mais ce « redresseur de torts » qui défendait son frère et son cousin, ce « paladin dans les formes » (p. 58) qui ne peut supporter l'injustice mais qui a calomnié Marion pour éviter la honte d'un aveu public, ne cherche-t-il pas une réparation en sacrifiant son bon droit pour protéger la maréchale son hôtesse des risques pour elle de sa défense ? « Car, me sentant assez de courage pour ne dire jamais que la vérité, dût-elle me nuire et me perdre, je ne me sentais ni assez de présence d'esprit, ni assez d'adresse, ni peut-être assez de fermeté pour éviter de la compromettre si j'étais vivement pressé. Cela me décida à sacrifier ma gloire à sa tranquillité » (p. 689).

Au livre I, il évoque ainsi les transes où le plongeait certaine « petite maîtresse d'école » très propre à satisfaire son masochisme naissant : « en voyant seulement Mlle Goton, je ne voyais plus rien ; tous mes sens étaient bouleversés [...] ; les palpitations m'auraient étouffé » (p. 60) ; mêmes émois au livre IX, sur la route des rendez-vous avec Sophie : « ma tête se troublait, un éblouissement m'aveuglait [...] ; toute ma machine était dans un désordre inconcevable : j'étais prêt à m'évanouir » (p. 537) ; ils n'ont pas fauté, affirme-t-il, mais devant Saint-Lambert, il est à peu près comme Jean-Jacques devant le tribunal familial lors de l'affaire du châtiment injuste : « Quoique je me rendisse [...] un témoignage assez honorable, tant d'apparences étaient contre moi que [j'avais] tout l'air d'un coupable » (p. 556) ; n'avait-il pas souligné au livre I combien les racines de son érotisme et de son sens de l'injustice sont étroitement liées : « Qui croirait [...] qu'un des ressorts les plus vigoureux de mon âme fût trempé dans la même source d'où la luxure et la mollesse ont coulé dans mon sang ? » (p. 48).

Enfin si, comme on l'a vu, tout le mystère de l'« œuvre de ténèbres » de ses adversaires, tel qu'il tente de le reconstituer aux livres IX à XI de la seconde partie, ne peut se comprendre qu'à partir de l'énigme primitive d'un peigne brisé par personne, il faut ajouter que le livre XII est celui du retour rêvé aux origines heureuses : de fureur, Rousseau avait mordu la terre de Genève avant de la quitter (p. 76) et c'est « une terre de liberté » qu'il baise en arrivant sur le territoire de Berne (p. 696) ; mais n'est-ce pas sa crainte (sans doute exquise) de se tromper au Temple en présence de Mlle Lambercier, qui revient, provocante, dans son ironie sur la rumeur genevoise le condamnant « comme un écolier qu'on menacerait du fouet pour n'avoir pas bien dit son catéchisme » (p. 700) ? Après tout, aussi persécuté qu'il ait été dans sa patrie, Rousseau s'est acharné à y rester, fût-ce comme prisonnier à vie de l'île Saint-Pierre ; l'y voici d'ailleurs en *senex puer*, « enfant [...] sans cesse en mouvement » et « radoteur qui bat la campagne », aimant « suivre une mouche dans toutes ses allures » (p. 757) ; au livre I, ce radoteur « marmottait » l'air de Tircis en pleurant « comme un enfant » (p. 40), puis se souvenait ainsi de son « étude [déjà] oiseuse » à Bossey : « je vois [...] une mouche se poser sur ma main tandis que je récitais ma leçon » (p. 52). Ainsi la fin retrouve-t-elle encore une fois le commencement, dans un récit qu'il faut apprendre à lire « littéralement et dans tous les sens », en détail comme dans l'ensemble.

Umberto Eco pense que tout texte engendre son lecteur modèle en inscrivant dans son écriture les procédures de son déchiffrement[1] ; à cet égard, le texte des *Confessions* est exemplaire, puisque Rousseau désigne explicitement le lecteur comme seul habilité à produire l'interprétation de son récit, laquelle échappe par nécessité à l'auteur qui ne peut à la fois vouloir « tout dire » et prétendre assigner le sens : « Si je me chargeais du résultat et que je lui dise : Tel est mon caractère, il pourrait croire sinon que je le trompe, au moins que je me trompe. Mais en lui détaillant avec simplicité tout ce qui m'est arrivé, tout ce que j'ai fait, tout ce que j'ai pensé, tout ce que j'ai senti, je ne puis l'induire en erreur, à moins que je ne le veuille ; encore même en le voulant, n'y parviendrais-je pas aisément de cette façon » (p. 230). Le refus de livrer l'interprétation est donc une garantie de vérité ou du moins une précaution utile contre le mensonge possible ; mais voici la tâche du lecteur : « C'est à lui d'assembler ces éléments et de déterminer l'être qu'ils composent : le résultat doit être son ouvrage » *(ibid.)*.

1. U. Eco, *Lector in fabula*, Grasset, 1985, p. 61 *sq*.

Le sens ici n'est donc pas un donné mais une construction de rapports, un montage, résultant d'une activité de sélection et de hiérarchisation : « Ce n'est pas à moi de juger de l'importance des faits, je les dois tous dire, et lui laisser le soin de choisir » *(ibid.)* ; l'auteur y revient à la fin du livre XI, en conclusion du récit de sa fuite vers la Suisse après la condamnation de l'*Émile* à Paris, en insistant sur « l'importance des moindres détails dans l'exposé des faits dont on cherche les causes secrètes, pour les découvrir par induction » (p. 697).

Ici aussi, Rousseau rejoint Retz (et sans doute d'autres mémorialistes) par son approche du détail ; ainsi à propos d'une assemblée : « Je crois même que pour vous faire bien entendre le motif de ce qui y fut résolu, il est nécessaire de vous expliquer, comme par préalable, un détail qui est curieux par sa bizarrerie[1]. »

1. Retz, *op. cit.*, p. 388.

Une telle insistance montre justement que l'auteur indique au lecteur où chercher pour s'orienter dans son texte. Le jeu des annonces et des rappels, notamment, lui permet de construire des rimes efficaces entre des séquences narratives que la chronologie sépare. Un exemple très caractéristique en est donné par le lien qu'institue la réminiscence de la journée de la Saint-Louis, au livre VI, avec ce que le livre III raconte de l'installation du héros chez Mme de Warens, lors de son retour d'Italie. Évoquant ces promenades solitaires où il l'aimait d'autant plus qu'il en était séparé, le narrateur raconte comment le paysage et les circonstances ont provoqué une sorte de rêve prémonitoire : « tout cela me frappait tellement d'une impression vive, tendre, triste et touchante, que je me vis comme en extase transporté dans cet heureux temps et dans cet heureux séjour... » (p. 152). Puis il brise soudain le cadre chronologique pour anticiper sur un futur advenu mais non daté : « et ce qui m'a frappé le plus dans le souvenir de cette rêverie, quand elle s'est réalisée, c'est d'avoir retrouvé des objets tels exactement que je les avait imaginés » *(ibid.)*.

Réminiscence ou paramnésie, la vision s'incarne en effet au livre VI, à la fin d'une partie de campagne, tandis que Mme de Warens tente de l'initier à la botanique : « La situation d'âme où je me trouvais, tout ce que nous avions dit et fait ce jour-là, tous les objets qui m'avaient frappé me rappelèrent l'espèce de rêve que tout éveillé j'avais fait à Annecy sept ou huit ans auparavant, et dont j'ai rendu compte en son lieu » (p. 311).

Mais nous savons que Rousseau écrit doublement, distinguant la chaîne des faits de celle des sentiments qui s'y révèlent. Or le rapport qu'il signale au plan des événements est également indiqué au plan moral ; au livre II cette fois, décrivant ce qui l'a immédiatement uni à Mme de Warens par « sympathie des âmes », il y trouve « quelque chose de singulier » parce que échappant à toute définition reçue de l'amour, ce qui lui fait demander au lecteur de prêter attention à la suite : « Il y eut certainement quelque chose de singulier dans mes sentiments pour cette charmante femme, et l'on y trouvera dans la suite des bizarreries auxquelles on ne s'attend pas » (p. 88). Au livre III il y revient de façon plus développée ; on y retrouve encore cette distinction si décisive entre les sentiments et leurs « causes occasionnelles », puisque sans la rencontre de Mme de Warens son protégé n'aurait peut-être jamais connu sa vérité : « Me voilà donc établi chez elle. Cet établissement ne fut pourtant pas encore celui dont je date les jours heureux de ma vie, mais il servit à les préparer. Quoique cette sensibilité de cœur, qui nous fait vraiment jouir de nous, soit l'ouvrage de la nature, et peut-être un produit de l'organisation, elle a besoin de situations qui la développent. Sans ces causes occasionnelles, un homme né très sensible ne sentirait rien, et mourrait sans avoir connu son être. Tel [...] j'aurais toujours été peut-être, si je n'avais pas connu Mme de Warens » (p. 148).

Rousseau entreprend alors une définition de ce sentiment singulier qui, le liant à elle, l'a révélé à lui-même : « qui ne sent que l'amour ne sent pas ce qu'il y a de plus doux dans la vie. Je connais un autre sentiment, moins impétueux peut-être, mais plus délicieux mille fois, qui quelquefois est joint à l'amour, et qui souvent en est séparé. Ce sentiment n'est pas non plus l'amitié seule ; il est plus voluptueux, plus tendre : je n'imagine pas qu'il puisse agir pour quelqu'un du même sexe » *(ibid.)*.

C'est un peu une énigme à la mode précieuse qu'il pose à son lecteur, sans doute pour lui enseigner à déchiffrer les « affections secrètes » sous la chaîne des événements : « Ceci n'est pas clair, mais il le deviendra dans la suite ; les sentiments ne se décrivent bien que par leurs effets » *(ibid.)*. Les livres III à VI déroulent effectivement les étapes d'une éducation sentimentale en forme de « parabole érotico-mystique[1] » dont la conclusion fait apparaître la rime qu'appelait l'annonce précédente. Au livre V, Mme de Warens sauve Rousseau de la mort « à force

1. G. Gusdorf, *op. cit.*, p. 74.

de soins », comme sa tante dans sa prime enfance ; sur quoi leur relation trouve son accomplissement : « nous nous accoutumâmes à ne plus penser à rien d'étranger à nous, à borner absolument notre bonheur et tous nos désirs à cette possession mutuelle, et peut-être unique parmi les humains, qui n'était point, comme je l'ai dit, celle de l'amour, mais une possession plus essentielle ... » (p. 285). « Comme je l'ai dit » : telle est la manière de Rousseau, qui signale discrètement le fil d'Ariane reliant secrètement les débuts de la relation avec son accomplissement ; car voici la suite de la définition laissée en suspens au livre III : « ... mais une possession plus essentielle qui, sans tenir aux sens, au sexe, à l'âge, à la figure, tenait à tout ce par quoi l'on est soi, et qu'on ne peut perdre qu'en cessant d'être » *(ibid.)*.

Ainsi se boucle la spirale qui a fait parcourir au lecteur toutes les étapes d'une initiation au sentiment de l'existence, valeur clef de l'expérience morale chez Rousseau ; ce qui a été conjuré au passage, c'est l'expérience de la sexualité avec cette « prêtresse des cœurs », expérience voulue par elle et sans doute nécessaire, mais dont le néophyte tire parti pour affirmer la supériorité sur l'amour de cet « autre sentiment » dont il conduit l'exploration avec le lecteur.

LE DÉTAIL ET L'ENSEMBLE

« [...] Tant tout se tient, tant tout est un dans mon caractère, et tant ce bizarre et singulier assemblage a besoin de toutes les circonstances de ma vie pour être bien dévoilé » (premier préambule)[1] : cette dialectique du fragment et du tout, de l'élément et de l'assemblage, à laquelle l'auteur demande au lecteur de s'appliquer après lui, se laisse peut-être déchiffrer par allégorie au livre XII ; Rousseau qui, dans *Mon portrait*, voyait son entreprise comme celle du « botaniste qui décrit la plante » (*OC I*, p. 1121), évoque en effet l'« étude oiseuse » des plantes en des termes qui pourraient bien suggérer une propédeutique à l'interprétation des *Confessions*. C'est ainsi qu'après avoir noté « cette constante analogie, et pourtant cette variété prodigieuse qui règne » dans l'organisation du « système végétal », il dénonce l'ignorance de ceux qui n'y « voient rien en détail, parce qu'ils ne savent pas même ce qu'il faut regarder », et « ne voient pas non plus l'ensemble, parce qu'ils n'ont aucune idée de cette chaîne de rapports et de combinaisons qui accable de ses merveilles l'esprit de l'observateur » (p. 757). Analogies et variété ? On se rappelle qu'il évoque ainsi au livre I la logique complexe de ces « combinaisons » (p. 48) qui l'ont formé dans le temps. Sens du détail et de l'ensemble ? C'est tout l'enjeu des anecdotes de l'enfance et de la scène de la pervenche, mais aussi de l'interrogation sur la persécution. Chaîne de rapports ? On pense à cette « chaîne des sentiments » qui guide sa mémoire, ou à « l'enchaînement d'affections secrètes » formant les caractères, autant qu'au « fil de la trame » (p. 697) de ses adversaires.

1. Voir Dossier, p. 167.

Ce sont donc bien des « Confessions mode d'emploi » qu'a laissées Rousseau ; et si l'écriture ici est un art de présenter les signes « sous tous les points de vue » et de les « éclairer par tous les jours » (p. 230), l'art de la lecture sera de les déchiffrer littéralement et en figures, d'y repérer analogies et différences, de les relier enfin dans tous les sens ; mais dans ce travail, dit Rousseau au préambule de Neuchâtel, c'est soi-même qu'on rencontrera en déchiffrant son énigme : « je veux tâcher que pour apprendre à s'apprécier, on puisse avoir au moins une pièce de comparaison ; que chacun puisse connaître soi et un autre[1] »... car « seules les pièces rassemblées prendront un caractère lisible, prendront un sens », ai-je envie d'ajouter avec Georges Perec[2].

1. Voir Dossier, p. 164.

2. *La vie mode d'emploi*, Hachette, 1978, p. 15.

III

DE LA MÉMOIRE À L'OUBLI

C'est l'affranchissement du « moi » raisonneur, sociable et raisonnable des Lumières, dans la contemplation des « spectacles de la Nature », dans l'extase quiétiste, dans la réminiscence du bonheur de l'enfance et de l'innocence perdues. [...] Rousseau [...] a rouvert la faille par où jaillit la parole inspirée dont parlait Platon et que le philosophe redoutait pour sa République.

M. Fumaroli[1],
Trois institutions littéraires.

1. Gallimard, Folio Histoire, 1994, p. XXXVIII-XXXIX.

Fondatrice de l'être comme mémoire des origines, la mémoire de Rousseau touche aux enjeux centraux de sa pensée et de sa vie : sa dimension réminiscente et « affective » parle un langage assez familier au lecteur moderne éduqué par Proust et Freud, mais il faut se méfier des anachronismes : en effet, ce n'est pas dans ces termes que pense Rousseau, qui est en débat avec le sensualisme sur le plan théorique, dont l'« imaginaire mémorial » est un vertigineux palimpseste de plans d'existence, et dont l'expérience retrouve enfin l'« oublieuse mémoire » des anciens poètes et des mystiques.

LA « MÉMOIRE AFFECTIVE » AVANT ROUSSEAU

On a le ressouvenir ou la réminiscence des choses quand on peut ; cela tient à des causes indépendantes de notre liberté.

Encyclopédie, article « Mémoire ».

Il vaudrait mieux ne pas employer la notion moderne de « mémoire affective » avec Rousseau, car elle s'inscrit dans une conception sensualiste de la pensée[1] qui fait manquer les enjeux proprement spirituels de son expérience[2], ainsi que la dimension esthétique de sa mise en œuvre littéraire à partir des *Confessions*. Pour autant, il ne faut pas non plus le séparer du mouvement d'intérêt profond du XVIIIe siècle pour tout ce qui, de l'activité mentale, échappe au contrôle de la conscience et de la volonté.

La notion de mémoire affective, formulée par Théodule Ribot, l'un des fondateurs de la psychologie expérimentale à la fin du XIXe siècle[3], désigne la reviviscence involontaire et quasi hallucinatoire, à l'occasion d'une circonstance fortuite, de sensations et de sentiments jusque-là oubliés ; par son intensité et son autonomie à l'égard de la conscience volontaire, ce type de souvenir s'oppose à la mémoire ordinaire, plus schématique et relativement dépourvue de coloration affective, mais mieux intégrée à la conscience. Or c'est dès la fin du XVIIe siècle qu'on en trouve les premières formulations théoriques, dans un cadre conceptuel qu'il faut rappeler ici afin de mieux saisir par où Rousseau s'en détache.

1. Sur cette filiation, cf. J.-F. Perrin, *Le chant de l'origine : la mémoire et le temps dans « Les Confessions » de Jean-Jacques Rousseau*, Voltaire Foundation, Oxford, 1996, p. 228 *sq*.

2. Voir Dossier, p. 196-199.

3. Th. Ribot, *La psychologie des sentiments*, Alcan, 1896. Voir dans Dossier, p. 203, une application de sa définition à une scène de *La Nouvelle Héloïse* par un de ses disciples.

C'est sous le nom de « ressouvenir » ou de « réminiscence » que l'*Encyclopédie* enregistre la mémoire involontaire : « On se rappelle donc la mémoire ou le souvenir des choses quand on veut, cela dépend uniquement de la liberté de l'âme [...]. On a le ressouvenir ou la réminiscence des choses quand on peut ; cela tient à des causes indépendantes de notre liberté[1]. » Concernant la théorisation du phénomène, on peut observer toute une filiation qui va de Leibniz, Malebranche et Locke, jusqu'au Diderot des *Éléments de physiologie* en passant par Condillac[2]. Locke analyse ainsi le cas où des représentations « se présentent comme d'elles-mêmes à notre entendement » : « bien souvent elles sont réveillées et tirées de leurs cachettes pour être exposées au grand jour par quelque violente passion ; car nos affections offrent à notre mémoire des idées qui, sans cela, auraient été ensevelies dans un parfait oubli[3] ». C'est donc par la force autonome des passions qu'il explique ce que nous appelons la mémoire affective, et cela se lit en traduction française dès 1700.

On trouve également chez lui l'idée d'une mémoire inconsciente remontant aux affections de la première enfance, d'autant plus prégnantes chez l'adulte qu'il les a oubliées ; on lui doit d'ailleurs un texte où il explique ainsi un cas de phobie[4] ; mais c'est dès 1675, dans la *Recherche de la vérité* du père Malebranche, qu'on trouve l'explication par les « traces de nos premiers jours », des « inclinations et des aversions secrètes » de la per-

1. Article « Mémoire ».

2. Voir Dossier, p. 193-195.

3. J. Locke, *Essai philosophique concernant l'entendement humain*, Vrin, 1972.

4. Voir Dossier, p. 194.

sonnalité adulte[1] ; cela dans le cadre d'une psycho-physiologie où « les traces des objets sont tellement liées les unes avec les autres dans le cerveau, qu'il est impossible que le cours des esprits en réveille quelqu'une avec force, que plusieurs autres ne se rouvrent en même temps[2] ». Il explique ainsi le phénomène de « fausse reconnaissance » par une sorte d'erreur d'aiguillage des esprits animaux qui, « dirigés par l'action des objets extérieurs, ou même par les ordres de l'âme, pour produire dans le cerveau de certaines traces, en produisent souvent d'autres, qui à la vérité leur ressemblent en quelque chose, mais qui ne sont point tout à fait les traces de ces mêmes objets, ni même celles que désirait l'âme de se représenter[3] ».

Cette psychologie, qui a marqué toute la première moitié du XVIIIe siècle, insiste sur l'autonomie de l'imaginaire (dont la mémoire n'est qu'un aspect), qui a « sa malignité particulière » car il « agit par ses propres forces[4] », ainsi que sur la détermination du mental par la « machine qui joue son jeu sans attendre les ordres de la volonté » ; tout cela sur fond de pensée augustinienne puisqu'il ajoute : « et souvent même, à cause du péché, contre ses ordres[5] ».

En 1754, le Condillac du *Traité des sensations* pense que plus la sensation d'un plaisir passé aura été intense, plus elle tendra à revenir s'imposer[6] ; il s'agit bien de mémoire affective puisque « l'émotion qui l'a accompagné se reproduit en partie [...] déterminant [...] presque toute la capacité de sentir[7] » ; elle se confond ainsi avec l'ima-

1. Voir Dossier, p. 193.

2. Malebranche, *Recherche de la vérité*, *op. cit.*, 1979, p. 537.

3. *Ibid.*, p. 207.

4. Malebranche, *Traité de morale* (1684), GF-Flammarion, 1995, p. 188.

5. *Ibid.*, p. 137.

6. Condillac, *Traité des sensations*, Fayard, 1984, p. 27. Voir Dossier, p. 194.

7. *Ibid.*

gination, « dont le caractère est d'arrêter les impressions des sens pour y substituer un sentiment indépendant des objets extérieurs[1] ». « Il n'y a peut-être personne, écrit-il ainsi, qui ne se soit quelquefois rappelé des plaisirs dont il a joui [...] avec assez de vivacité pour ne donner aucune attention à l'état quelquefois affligeant où il se trouve[2]. »

Au XVIIIe siècle, les héritiers de Locke pensent donc les mécanismes de la réminiscence dans le cadre d'une psychophysiologie, expliquant la reviviscence et le transport qu'elle provoque comme un effet de l'imaginaire[3]. Mais qu'en est-il chez Rousseau ?

1. *Ibid.*, p. 30.

2. *Ibid.*, p. 29.

3. Pour une approche plus approfondie de ces problèmes, cf. J.-F. Perrin, *Le chant de l'origine*, *op. cit.*, chap. II et III.

SENTIMENT ET MÉMOIRE SELON ROUSSEAU

> « Le retour à la dynamique du sentiment met en lumière une strate profonde du moi au niveau de laquelle la psychologie sensualiste se révèle impuissante qui s'en tient au plan superficiel des seules " sensations "[4]. »

4. E. Cassirer, *Kant et Rousseau*, Belin, 1992, p. 102.

Posons d'abord quelques points de repère : contrairement à une idée reçue, Rousseau n'est pas sensualiste ; s'il admet jusqu'à un certain point, avec Condillac, l'influence du physique sur le moral, il maintient dans l'*Émile* le dualisme cartésien des deux substances et affirme l'immatérialité de la pensée : « l'homme est [...] libre dans ses actions et comme tel animé d'une substance immatérielle » (*OC IV*, p. 587) ; d'autre part, et à l'inverse de Locke et Condillac, il est très fermement innéiste puisque les facultés de l'esprit, comme les sentiments moraux, sont chez lui indépendants des données externes : « quoique souvent nos idées nous viennent du dehors, les sentiments qui les apprécient sont au-dedans de nous, et c'est par eux seuls que nous connaissons la convenance ou disconvenance qui existe entre nous et les choses que nous devons rechercher ou fuir » (*OC IV*, p. 599). Autrement dit, il n'y a de jugement sur notre relation aux choses que sur la base d'une évaluation intérieure qui précède la connaissance empirique. D'où la distinction qu'on trouve dans le préambule de Neuchâtel entre les « causes occasionnelles » que sont les événements de l'histoire de sa vie et ce qu'ils manifestent de la chaîne des affections secrètes qui ont marqué « l'histoire de l'état de [son] âme[1] ».

Cette distinction se retrouve dans l'*Essai sur l'origine des langues*, où Rousseau prend explicitement position contre le sensualisme de Condillac : « Que celui donc qui veut philosopher sur la force des sensations commence par écarter des impressions purement sensuelles les impressions intellectuelles et morales que nous recevons par la voie des sens, mais dont ils ne sont que les causes occasionnelles : qu'il évite l'erreur de donner aux objets sensibles un pouvoir qu'ils n'ont pas ou qu'ils tiennent des affections de l'âme qu'ils nous représentent » (*OC V*, p. 418-419). Ainsi, là où Condillac parlait de la sensation comme « cause occasionnelle de toutes les opérations qui se déroulent en nous[2] », Rousseau parle d'une sorte de reconfiguration sélective des sensations brutes en

1. Voir Dossier, p. 166.

2. Condillac, *Traité des sensations*, *op. cit.*, p. 11-12.

« représentations et signes » capables d'émouvoir la conscience morale : « Les couleurs et les sons peuvent beaucoup comme représentations et signes, peu de choses comme simples objets des sens. [...] Les chants mêmes qui ne sont qu'agréables et ne disent rien lassent encore ; car ce n'est pas tant l'oreille qui porte le plaisir au cœur que le cœur qui le porte à l'oreille » (*ibid.*, p. 419).

C'est à partir de cette théorie qu'il analyse une maladie qui intriguait beaucoup la médecine de l'époque : il s'agit de la fameuse « nostalgie » qui s'emparait des mercenaires suisses en entendant certains airs de leur pays, et notamment le *Ranz des Vaches* ; conformément à l'esprit du temps, l'*Encyclopédie* tente de l'expliquer par des causes physiques : climat, pression atmosphérique, habitudes alimentaires[1], alors que le *Dictionnaire de musique* de Rousseau va droit à la dimension morale : « Ces effets, qui n'ont aucun lieu sur les étrangers, ne viennent que de l'habitude, des souvenirs, de mille circonstances qui, retracées par cet air à ceux qui l'entendent, et leur rappelant leur pays, leurs anciens plaisirs, leur jeunesse, et toutes leurs façons de vivre, excitent en eux une douleur amère d'avoir perdu tout cela. » Il propose en outre la notion de « signe mémoratif » pour désigner le facteur déclenchant de la mémoire involontaire : « La musique alors n'agit point précisément comme musique, mais comme signe mémoratif » (*OC V*, article « Musique », p. 924).

Enfin, contrairement à Condillac et Helvétius, pour qui mémoire et jugement sont

1. *Encyclopédie*, supplément de 1777, article « Nostalgie ».

inséparables, Rousseau pense qu'il faut envisager, avant l'époque où ils travaillent de concert, un stade préliminaire où la conscience est pur enregistrement passif de sensations : « quoique la mémoire et le raisonnement soient deux facultés essentiellement différentes, cependant l'une ne se développe véritablement qu'avec l'autre. Avant l'âge de raison l'enfant ne reçoit pas des idées mais des images, et il y a cette différence entre les unes et les autres que les images ne sont que des peintures absolues des objets sensibles, et que les idées sont des notions des objets déterminées par des rapports » (*OC IV*, p. 344). La conscience de l'enfant emmagasine ainsi inconsciemment une réserve d'images : « leur cerveau lisse et poli rend comme un miroir les objets qu'on lui présente » ; d'où une pédagogie qui tient compte de cette impressionnabilité afin de préparer correctement l'enfant à l'éveil du jugement : « tout ce qu'il voit, tout ce qu'il entend le frappe et il s'en souvient ; il tient registre en lui-même des actions, des discours des hommes, et tout ce qui l'environne est le livre dans lequel sans y songer il enrichit continuellement sa mémoire en attendant que son jugement puisse en profiter » (*OC IV*, p. 351).

Il faut donc tendre à ce que ce livre soit le grand livre de la Nature « qui ne ment jamais », et dont le texte, inconsciemment imprimé dans la conscience de la première enfance, reviendra à l'âge adulte, un peu comme une réminiscence, sous l'aspect du *dictamen* de la conscience morale : « Si la nature donne au cerveau d'un enfant cette souplesse qui le rend propre à recevoir toutes sortes d'impressions, ce n'est pas pour qu'on y grave des noms de rois, des dates, des termes de blason, de sphère, de géographie [...] mais c'est pour que toutes les idées qu'il peut concevoir et qui lui sont utiles, toutes celles qui se rapportent à son bonheur et doivent l'éclairer un jour sur ses devoirs s'y tracent de bonne heure en caractères ineffaçables, et lui servent à se conduire pendant sa vie d'une manière convenable à son être et à ses facultés » *(ibid.)*.

À partir de là, on peut éclairer les enjeux d'un passage qui se trouve à la fin du livre IV, et dans lequel on trouve une évocation très singulière de la mémoire du narrateur, comparée à un tableau dont le fond modèle d'avance toute son histoire : « Comme en général les objets font moins d'impression sur moi que leurs souvenirs, et que toutes mes idées sont en images, les premiers traits qui se sont gravés dans ma tête y sont demeurés, et ceux qui s'y sont empreints dans la suite se sont plutôt combinés avec eux qu'ils ne les ont effacés » (p. 229).

On retrouve là une synthèse des conceptions précédemment évoquées : prééminence du moral sur le physique, de la mémoire des objets sur leur perception immédiate, du sentiment intérieur sur la sensation donc, ainsi qu'une définition figurative et non conceptuelle de sa pensée, ici identifiée à la première mémoire de l'enfance : « quoique né homme à certains égards, j'ai été longtemps enfant, et je le suis encore à beaucoup d'autres » *(ibid.)* ; cette définition recoupe enfin sa notion des langues primitives dont « tous les tours [...] devraient être en images, en sentiments, en figures » (*OC V*, p. 383).

C'est ainsi toute sa pensée de l'origine qui vient s'incarner dans la mémoire des *Confessions*, où le fond primitif modèle tout le feuilleté des souvenirs ultérieurs, de telle sorte que c'est toujours lui qu'on retrouve si on les analyse.

UNE MÉMOIRE-PALIMPSESTE

> *Il ne tiendra qu'à moi de renouer les deux bouts de mon existence, de confondre des époques éloignées, de mêler des illusions d'âges divers...*
>
> Chateaubriand,
> *Mémoires d'outre-tombe.*

La mémoire des *Confessions* est donc comme un palimpseste : le récit fonctionne en simultané sur plusieurs plans, qu'il faut lire en surimpression.

Le double registre

L'auteur se « livrant à la fois au souvenir de l'impression reçue et au sentiment présent » (premier préambule)[1], *Les Confessions* superposent en permanence le récit et son commentaire, le temps remémoré et celui de la narration. On en trouve un exemple caractéristique à la fin du livre II ; nous sommes en 1728, à Turin, le héros a seize ans ; après avoir raconté comment il est entré au service de Mme de Vercellis, le narrateur change de plan et analyse les conséquences de la froi-

1. Voir Dossier, p. 167.

deur de cette dernière à son égard : « Elle me jugea moins sur ce que j'étais que sur ce qu'elle m'avait fait, et à force de ne voir en moi qu'un laquais, elle m'empêcha de lui paraître quelque chose » (p. 122).

Comme au livre I dans l'affaire du peigne, les apparences sont donc contre lui, au point de rendre sa maîtresse aveugle à des qualités que saura en revanche pressentir un peu plus tard le comte de Gouvon, et qui se manifesteront avec éclat lors de la fameuse scène où le jeune laquais prouve sa valeur devant une assemblée aristocratique en éclairant par l'étymologie le sens de la devise *Tel fiert qui ne tue pas* (p. 137) ; le narrateur commente alors : « Ce fut un de ces moments trop rares qui replacent les choses dans leur ordre naturel, et vengent le mérite avili des outrages de la fortune » (p. 138). Écrivant cela, il opère implicitement une jonction avec la fin du livre I, où ces outrages avaient commencé lorsque le fils d'un citoyen de Genève était tombé sous la férule d'un graveur tyrannique, pour y dégénérer à toute allure ; la rime y était marquée d'avance : « dans les disputes sur ce que je savais le mieux, je n'osais ouvrir la bouche » (p. 64).

Mais si l'on revient à ce qu'il disait de Mme de Vercellis, on verra cette fois s'ajouter au palimpseste l'actualité de la narration, c'est-à-dire la hantise de la persécution qui est née dans les années postérieures à 1762 : « Je crois que j'éprouvai dès lors ce jeu malin des intérêts cachés qui m'a traversé toute ma vie, et qui m'a donné une aversion bien naturelle pour l'ordre apparent qui les produit »

(p. 122). Une causalité secrète se manifeste donc, tout en se dérobant, dans la logique des apparences : le lecteur peut en repérer les indices depuis l'affaire du peigne brisé jusqu'au fameux complot, dont on voit bien ici qu'il n'apparaît pas seulement dans la seconde partie des *Confessions*.

Autre exemple de ce double registre de l'écriture : l'anecdote du vol du ruban ; le narrateur introduit ainsi le récit de ce mensonge par lequel le héros a accusé une jeune servante d'un vol qu'il avait lui-même commis : « Que n'ai-je achevé tout ce que j'avais à dire de mon séjour chez Mme de Vercellis ! [...] J'en emportai les longs souvenirs du crime et l'insupportable poids des remords dont au bout de quarante ans ma conscience est encore chargée, et dont l'amer sentiment, loin de s'affaiblir, s'irrite à mesure que je vieillis » (p. 124). Là encore, il prend explicitement une perspective globale sur tout son récit, pour relier cet événement passé à l'histoire continue de son remords jusqu'au moment où il écrit ; mais, au-delà de l'annonce, le temps du récit ouvre ici directement sur celui de la narration, car deux pages plus loin, après avoir longuement analysé son mensonge et ses conséquences, Rousseau donne la nécessité d'avouer cet épisode encore jamais raconté intégralement à qui que ce soit, comme l'une des causes majeures de sa décision d'écrire *Les Confessions* : « Ce poids est donc resté jusqu'à ce jour sans allégement sur ma conscience, et je puis dire que le désir de m'en délivrer en quelque sorte a beaucoup contribué à la résolution que j'ai prise d'écrire mes confessions » (p. 126).

Une poétique de la surimpression :
l'épisode du noyer

Le narrateur peut aussi raconter plusieurs histoires en même temps au sein d'un même épisode, parce qu'elles renvoient au même foyer central dans sa pensée comme dans sa vie passée ; c'est le cas dans l'anecdote du saule et du noyer (p. 53-55).

Résumons-la rapidement : le pasteur Lambercier fait planter un noyer sur la terrasse de Bossey afin d'ombrager la communauté ; les deux cousins, sans doute échauffés par le latin qu'ils étudient, imaginent de rivaliser avec lui en plantant de leur côté un jeune saule ; comme il lui faut de l'eau, ils décident de creuser une rigole secrète depuis le bassin du noyer ; la première tentative échoue car leur conduit n'a pas assez de pente et que le passage de l'eau l'embourbe ; la seconde tentative est plus heureuse car ils l'ont intérieurement muni de planchettes et d'une grille à claire-voie qui filtre la boue. Malheureusement pour eux, le pasteur découvre leur « aqueduc » et dévaste tout, sans d'ailleurs leur faire subir d'autre châtiment ; finalement, Rousseau découvre dans cette aventure la première origine en lui du sentiment de vanité.

« Ô vous, lecteurs curieux de la grande histoire du noyer de la terrasse, écoutez-en l'horrible tragédie » (p. 53) : et si ce ton ironiquement grandiloquent voilait des choses fort sérieuses ? De quelle « grande histoire » s'agirait-il alors ici ? C'est le latin qu'on enseigne à Bossey : Rousseau s'y montre d'ailleurs aidant son cousin à faire son « thème » (p. 43) ; ce latin, on l'entend résonner dans les exclamations du pasteur dévastant l'œuvre des enfants : « *Un aqueduc ! un aqueduc !* » ; et c'est en plein cœur de l'épisode, au moment où la terre s'éboule dans la rigole, qu'une maxime romaine incarne la résolution des deux « petits architectes » : « tout allait de travers. Rien ne nous rebuta. *Omnia vincit labor improbus* » (p. 54). Cette maxime, qui vient des *Géorgiques*, signifie : « Tous les obstacles furent vaincus par un travail acharné » (Virgile écrit *vicit* et non pas *vincit*)[1]. Il est intéressant d'aller retrouver son contexte, car c'est la version virgilienne de la fin de l'âge d'or : « Le Père des Dieux lui-même a voulu rendre la culture des champs difficile, et c'est lui qui le premier a fait un art de remuer la terre en aiguisant par les soucis les cœurs des mortels et en ne souffrant pas que son empire s'engourdît dans une triste indolence [...]. Alors on connaît le durcissement du fer et la lame de la scie aiguë [...] ; alors vinrent les différents arts. Tous les obstacles furent vaincus par un travail acharné et par le besoin pressant en de dures circonstances[2]. »

Dans l'épisode des *Confessions*, c'est « la nécessité, mère de l'industrie » *(ibid.)*, qui pousse les enfants à creuser la terre pour dérober l'eau du noyer nécessaire à leur saule : ce qui se trouve ici allégorisé, c'est donc la « grande histoire » de l'espèce humaine prise au moment où elle sort de l'âge d'or pour entrer dans le Temps : Virgile est relu avec les lunettes du *Discours sur l'origine de*

1. *Géorgiques*, I, p. 145-146 (trad. M. Rat).

2. *Ibid.*, p. 123 *sq.*

l'inégalité, dans la perspective duquel les enfants de Bossey figurent l'émergence de l'humanité à l'ordre du paraître social et de l'amour-propre : « Ce fut ici mon premier mouvement de vanité bien marqué » (p. 55). « À dix ans j'en jugeais mieux que César à trente », ajoute-t-il ironiquement, après avoir comparé ce mouvement de vanité à ces « accès d'orgueil » qu'il avait seulement « par intervalles » à Genève, « quand [il] étai[t] Aristide ou Brutus *(ibid.)*. Or ces deux personnages, qui reviennent ici comme une rime rappelant l'âge d'or de son éducation avant qu'il n'entre dans le récit de sa déchéance[1], étaient associés à Plutarque au début du livre I, quand il évoquait le fond « gréco-romain » de sa mémoire : « Plutarque surtout devint ma lecture favorite [...] ; et je préférai bientôt Agésilas, Brutus, Aristide, à Oroondate, Artamène et Juba » (p. 37). Aristide, chez Plutarque, c'est Aristide « le Juste », ce qui renvoie évidemment à la problématique de l'injustice au livre I ; quant à Brutus, qui incarne les vertus stoïciennes et l'héroïsme républicain, c'est le meurtrier de César, et c'est sur ce dernier que je vais m'arrêter.

À quoi Rousseau fait-il allusion, en se représentant mieux inspiré à dix ans que César à trente ? Est-ce à cet épisode de la vie de César où, questeur en Espagne, il gémit de n'avoir rien accompli à l'âge où « Alexandre avait déjà soumis toute la terre[2] » ? C'est possible : à cette époque César a trente-deux ans ; mais un autre moment de sa vie pourrait fournir un hypotexte plus conséquent à notre épisode. Plutarque raconte qu'élu édile en 65,

1. Sur la fonction structurelle du mythe des quatre âges au livre I, cf. Ph. Lejeune, *Le pacte autobiographique*, Le Seuil, 1975, p. 94 *sq*.

2. Suétone. *Vies des douze Césars*, VII, trad. H. Aillaud, Paris, 1954.

César s'est rendu populaire en faisant opposer au Capitole pendant la nuit les enseignes et les armes de Marius : « chacun y accourut pour les voir. Si y en eut aucuns qui crièrent à l'encontre de César, que c'était une tyrannie qu'il se bâtissait, en ressuscitant, par manière de parler, des honneurs *qui avaient été ensevelis et enfouis dans la terre* par édits et ordonnances publiques, et que cela n'était qu'une épreuve et un effet pour sonder la volonté du peuple[1] ». César se taille néanmoins un beau succès auprès des partisans de Marius au sénat, mais : « là-dessus, Catulus Luctatius, l'homme de la plus grande autorité qui fût pour lors dedans Rome, se leva, et parla fort âprement contre César où il dit une parole, qui depuis lors a bien été notée, que *César n'allait plus par mines secrètes*, ains par ouvertes batteries attentant de ruiner la chose publique[2] ».

Le réseau métaphorique de l'enfouissement/défouissement fournirait ici un indice de corrélation textuelle avec l'épisode du noyer : César est accusé en effet de « ressusciter [...] des honneurs qui avaient été ensevelis et enfouis dans la terre » ; quand Catulus dénonce ses ambitions secrètes, c'est la même métaphore qu'il emploie — celle des « mines secrètes » — pour désigner les préparatifs du futur dictateur qui désormais s'avance à « batteries ouvertes ». À son image, c'est « secrètement » que nos deux Césars en herbe s'évertuent à préparer l'avènement de leur saule, en creusant « par-dessous terre » leur « rigole » (p. 54) ; c'est évidemment avec plus de succès que

1. Plutarque, *Vie des hommes illustres*, *Jules César*, VII, trad. Amyot, Gallimard, Bibliothèque de la Pléiade, t. II, p. 420 (je souligne).

2. *Ibid.*, VIII (je souligne).

Catulus, que le pasteur, une fois qu'ils se sont démasqués, fait avorter leur entreprise.

Mais il y a encore une autre corrélation possible avec l'histoire romaine : le mot « aqueduc » revient sept fois en italique dans le texte ; or Tite-Live affirme que lorsque Caton devint censeur en 184, il supprima « toute possibilité d'alimenter un bâtiment ou un terrain privé avec l'eau publique », en faisant démolir en trente jours toutes les dérivations privées[1] ; quant à Plutarque, il raconte que, malgré les récriminations, Caton fit « couper et rompre les tuyaux par lesquels aucuns particuliers dérobaient l'eau des fontaines publiques[2] ».

On retrouve alors l'histoire de l'espèce selon Rousseau : l'*Essai sur l'origine des langues* souligne en effet le rôle joué par la collecte de l'eau dans la socialisation primitive au dernier terme de l'état de nature : « dans les lieux arides où l'on ne pouvait avoir de l'eau que par des puits, il fallut bien se réunir pour les creuser ou du moins s'accorder pour leur usage » (*OC V*, p. 405). Comme les Romains qui ont perdu le sens de l'intérêt public, les deux cousins construisent un aqueduc pour dérober à leur propre usage l'eau alimentant ce noyer destiné à ombrager la terrasse pour toute la communauté.

Le pasteur Lambercier aura donc été Caton le Censeur pour les deux fripons de Bossey ; mais on sait combien le Citoyen de Genève s'est pris pour le censeur de son siècle ; or, comment le livre IX des *Confessions* présente-t-il cette période de sa vie où il devint « enivré de vertu » après le succès de

1. Tite-Live, *Histoire romaine*, livre XXXIX, XLIV, 4, trad. A.-M. Adam, Paris, 1944.

2. *Vies des hommes illustres, Caton le Censeur*, XXXVIII, *op. cit.*, t. I, p. 778.

son premier *Discours* ? « Cette ivresse avait commencé dans ma tête, mais elle avait passé dans mon cœur. Le plus noble orgueil y germa sur les débris de la vanité déracinée » (p. 504). À Bossey, l'emblème de cette vanité déracinée, c'est le saule des enfants.

Parcourons maintenant *Les Confessions*, pour y suivre les « chemins d'eau » qui mènent souterrainement d'un livre à l'autre : c'est ainsi à la fin du livre VI que débouche l'aqueduc souterrain du livre I, avec l'aqueduc à ciel ouvert du pont du Gard où « la forte voix » (p. 324) de la Vertu romaine se rappelle au bon souvenir du rival de César, tenté de trahir Mme de Warens pour Mme de Larnage. Mais c'est à l'échelle de l'ouvrage entier qu'une voie secrète relie deux « viviers d'eau claire[1] » : car si la « rigole » des deux cousins trouve enfin la « claire-voie » (p. 54) reliant les deux bassins du livre I, le livre XII montre Jean-Jacques naviguant entre deux îles au lac de Bienne : la « grande », fort bien pourvue par la nature, et la « petite île », fort pauvre avec sa végétation « [de] *saules* et [de] persicaires » (p. 753 ; je souligne) : « Quand j'y pouvais mener promener Thérèse avec la Receveuse et ses sœurs, comme j'étais fier d'être leur pilote et leur guide ! Nous y portâmes en pompe des lapins pour la peupler » (p. 760).

À Bossey, c'est « avec solennité » et parmi des « chants de triomphe » qu'on plantait un « auguste noyer » (p. 53), mais « le suprême degré de la gloire » était d'« avoir mis une bouture en concurrence avec un grand arbre » (p. 55) ; au lac de Bienne, un nouvel Adam

1. « Ils ont beau vouloir écarter le vivier d'eau claire [...] » (lettre du 5 février 1769, *CC*, t. XXXVII, n° 6541).

mâtiné de Robinson rivalise cette fois avec le Créateur, et le chemin d'eau — l'*aqueduc* — reliant son œuvre à celle de son rival n'est plus une « rigole secrète » mais « la pleine eau » d'un lac rêvé comme « océan » ; et tandis qu'au livre I, un couple d'enfants s'absorbe à surveiller « d'heure en heure » l'« accroissement » de sa création (p. 53), le livre XII montre Jean-Jacques retournant « souvent » sur la petite île « pour rechercher des traces du progrès [de ses] nouveaux habitants » (p. 760).

Revenons une dernière fois au livre I, pour y retrouver l'auteur demandant qu'on lui laisse raconter cet épisode, choisi pour *représenter* tous ceux qu'il consent à élider, « le plus longuement qu'il [lui] sera possible, pour prolonger [son] plaisir » (p. 52) : or, annonçant une « grande histoire », il clôture bizarrement l'anecdote en évoquant seulement « la *petite histoire* qui s'y rapporte » (p. 55 ; je souligne) ; comment interpréter cette contradiction *apparente*, dans cette écriture où rien n'échappe à une composition souveraine ? Cette « petite histoire » doublant la « grande », c'est peut-être le récit autobiographique lui-même : l'expression « ma petite histoire » est en effet employée par Rousseau pour désigner le récit de sa vie qu'il donne à ceux qui l'accueillent dans sa jeunesse, Mme de Warens (p. 88), Mme Basile (p. 112) ou encore l'ambassadeur de France à Soleure (p. 209) ; quant à cette « entreprise, exécutée avec ardeur » (p. 54), ne met-elle pas en abyme « une entreprise qui n'eut jamais d'exemple » ? Car si l'entrée de la rigole de Bossey « se remplissait d'ordures », c'est dans un « labyrinthe obscur et fangeux » que l'auteur a pénétré quelques pages plus haut (p. 48), et c'est encore perdu « dans la route obscure et tortueuse [de ses] souterrains », qu'il appelle le lecteur à son aide au début du livre XII (p. 699). Mais au début du livre VII, en tête de cette seconde partie qui lui coûte tant à écrire, c'est le narrateur qui doit lui aussi s'ingénier pour « donner à l'eau son écoulement » (p. 54) : « Je sais que, malgré les barrières immenses qu'on entasse [...] autour de moi, l'on craint toujours que *la vérité ne s'échappe par quelque fissure. Comment m'y prendre pour la faire percer ?* » (p. 349 ; je souligne). Au Val-de-Travers, ce sont des « cailloux » qui s'entassent sur la galerie de sa maison : « Mon Dieu ! c'est une carrière ! » s'écrie le châtelain de Motiers (p. 750), et c'est dans l'échappée au lac de Bienne que l'obstacle à la transparence se dissout : « Ô nature ! ô ma mère ! [...] il n'y a point ici d'homme adroit et fourbe qui s'interpose entre toi et moi » (p. 760) ; de même à Bossey : « tout allait de travers » car « la terre s'éboulait » dans la rigole secrète, et Jean-Jacques devra s'ingénier « pour donner à l'eau son écoulement » : ainsi court la navette de l'artiste d'un bout à l'autre des *Confessions*.

« Composons », demandait Rousseau ; le lecteur ne se doutait pas de la portée du contrat qu'il lui proposait : tout correspond et se réfracte en miroir dans cette écriture, où certaines séquences symboliquement très chargées forment de véritables accumulateurs textuels, laissant transparaître, à travers un « feuilleté » qui rejoue l'œuvre entière en même temps que la vie, les couches profondes d'un imaginaire mémorial hanté par les grandes lectures et les scènes fondatrices de l'enfance : « Je voudrais pouvoir en quelque sorte rendre mon âme transparente, aux yeux du lecteur, et pour cela je cherche à la lui montrer sous tous les points de vue, à l'éclairer par tous les jours » (p. 229-230).

LITTÉRATURE ET RESSOUVENIR AVANT « LES CONFESSIONS »

Vues sous l'angle réduit de la mémoire affective et involontaire, les réminiscences de Bossey, de la pervenche, de la tante Suson, etc. ne sont pas sans antécédents littéraires ; le ressouvenir affectif et sa logique primesautière n'ont pas échappé en effet à certains écrivains des XVIIe et XVIIIe siècles, au moins de façon marginale ; par exemple, la Grande Mademoiselle justifie un retour en arrière dans son récit par les caprices de la mémoire associative : « Comme je ne m'entretiens ici que de ce qui est arrivé de mon temps [...] qu'à mesure que quelque chose de particulier m'en fait souvenir, j'ai laissé échapper la naissance du duc d'Anjou ; j'oubliais d'en parler, parce que je n'ai pas d'autres Mémoires qui me puissent rappeler ce temps-là que la chose même[1]. »

Dans le champ du romanesque, la brève scène du balcon à la fin des *Lettres portugaises* relève sans conteste de la mémoire affective,

1. Cité *in* E. Lesne-Jaffro, *La poétique des Mémoires* (1650-1680), Paris IV-Sorbonne, 1994, p. 243 (thèse microfilmée).

1. Voir Dossier, p. 191-192.

2. À Mme de Grignan, 4 mars 1671, *Correspondance*, t. I, Gallimard, Bibliothèque de la Pléiade, 1972, p. 175.

3. H. d'Urfé, *L'Astrée*, éd. Vaganay, t. III, Lyon, 1925-1928, p. 554.

4. Voir Dossier, p. 191.

5. H. d'Urfé, « L'auteur à la rivière du Lignon », *L'Astrée*, Gallimard, Folio, 1984, p. 412.

ainsi que la fameuse scène du Pavillon dans *La Princesse de Clèves*, où les objets rappelant M. de Nemours paraissent fonctionner comme « signes mémoratifs » dans la rêverie de la princesse[1]. On a également dans *L'Astrée* des scènes de commémoration nostalgique que retrouvera le fameux « Toute votre chambre me tue » de Mme de Sévigné à sa fille[2] ; Céladon revient ainsi sur les lieux de ses amours en évoquant mélancoliquement son bonheur passé, comme le fera plus tard Saint-Preux : « Ce lieu fut bien celuy qui lui remit en la mémoire les plus doux ressouvenirs de son bonheur passé, et qui toutefois ne les luy pouvait représenter qu'avec tant d'amertume, pour estre le temps si changé, qu'à tous coups les larmes rendaient témoignage de son desplaisir, parce que ç'avoit esté en ce petit bois où le plus souvent [il] avait eu la commodité d'entretenir sa belle bergère[3]. » C'est, semble-t-il, un trait récurrent du grand romanesque, et l'on retrouve là un motif d'ancienne tradition depuis la rêverie de Perceval devant les trois gouttes de sang sur la neige qui lui rappellent Blanchefleur[4].

Quant au *vivere bis* de cet imaginaire mémorial où Rousseau trouvera un art d'oublier le temps, d'Urfé l'y précède en répondant à qui lui reprocherait d'« employer le temps à ces jeunes pensées, maintenant que tant d'hivers ont depuis neigé sur [s]a tête », que ces derniers ne pourront jamais « geler en [s]on âme les ardentes pensées d'une vie si heureuse » et « de son agréable ressouvenir[5] ». C'est également dans cette optique du *vivere bis* que Mme de Motteville a entrepris ses *Mémoires*, « dans l'espérance qu'ils serviraient un jour à [lui] rappeler mille particularités qui [lui] feraient plaisir, et qui [lui] donneraient, pour ainsi dire, une seconde vie[1] ». Rousseau ne voyait pas autrement ses *Rêveries* : « Leur lecture me rappellera la douceur que je goûte à les écrire, et faisant renaître ainsi pour moi le temps passé, doublera pour ainsi dire mon existence » (*OC I*, p. 1001).

1. Cité *in* M.-T. Hipp, *op. cit.*, p. 246.

Au XVIIIe siècle, la psychologie malebranchiste des « mouvements indélibérés » de l'âme[2] rend l'abbé Prévost fort attentif à la mémoire spontanée. C'est ainsi qu'après la scène de la « belle veuve », le narrateur du *Monde moral* constate le peu de part de l'attention consciente dans l'enregistrement des faits qui lui reviennent à profusion dans l'esprit : « Ma chaise, où je rentrai le troisième jour, me parut un cabinet philosophique, dans lequel j'eus toute la liberté que je désirais pour m'abandonner à mes réflexions. Combien n'en fis-je point sur cette variété de formes, de situations et de sentiments dont j'avais été témoin pendant deux jours, et qu'à peine avais-je eu le temps d'observer, mais qui se représentaient successivement à ma mémoire[3] ?»

2. Prévost, *Cleveland, op. cit.*, t. II, p. 138.

3. Prévost, *Le monde moral, op. cit.*, t. VI, p. 301.

Il reste que c'est en 1762, dans *La Nouvelle Héloïse*, que la scène de réminiscence affective telle que nous la connaissons entre en littérature, déjà dotée des principaux traits qui la définiront ensuite dans l'écriture romantique ; il suffit à cet égard de renvoyer à deux scènes célèbres du roman : celle des rochers de Meillerie où Saint-Preux revit en présence de Julie les sentiments qu'il éprouvait là au temps de leurs amours passées (*OC II*, p. 519) ; celle de l'auberge de Villeneuve où il « cru[t] redevenir à l'instant tout ce qu'[il] étai[t] alors » (*OC II*, p. 615).

LA MÉMOIRE RÉMINISCENTE DANS « LES CONFESSIONS »

Un tournant décisif dans l'écriture narrative

Cela étant, la grande nouveauté avec *Les Confessions*, c'est que la mémoire réminiscente s'empare cette fois de toute une œuvre dans ses profondeurs, devenant en retour l'instrument d'un renouvellement décisif de l'écriture narrative au tournant du XVIIIe siècle. Aucun des romans-Mémoires du XVIIIe siècle (sauf *Tristram Shandy*) n'ose en effet subordonner la temporalité du récit à celle de la mémoire narratrice[1] ; par exemple, si Prévost affirme bien que « l'ordre [l]e gêne » pour rendre « la situation de [s]on âme », cela n'aboutit pas chez lui à dissoudre l'ordre de la chronologie dans l'achronie de cette « masse uniforme de douleur[2] » qui est pourtant le cœur secret de son propos.

Rousseau, en revanche, se laisse guider par les « retours du passé », mais trouve des solutions pour mener de front la composition d'un récit d'apparence rétrospective et celle d'une structure profonde à plans multiples où les éléments de sa vie se présentent hors diachronie, « sous tous les points de

1. « [...] À la différence de notre roman contemporain, celui du XVIIIe siècle ne repose pas sur l'activité d'une mémoire concrète intégrée dans le récit » (*Narcisse romancier*, J. Corti, 1986, p. 84).

2. *Cleveland*, *op. cit.*, p. 241.

vue » (p. 230) ; le temps des horloges et de la chronologie événementielle devient alors simplement l'une des strates d'une temporalité régie en profondeur par l'itérativité d'un recommencement incessant, celui de la chaîne des retours du passé et des « affections secrètes » : paradigme originaire modelant toute la chaîne, la mémoire réminiscente dote le récit d'une circularité informant toute la structure narrative, selon une logique qui est d'ordre fondamentalement poétique. Rousseau invente ainsi l'art d'écrire le temps remémoré comme éternité retrouvée.

C'est également un nouveau topos littéraire qu'il crée : la scène de la pervenche, au livre VI (p. 289), rassemble déjà tous les invariants de la scène de souvenir jailli telle qu'elle s'écrira jusqu'à Proust[1] : long oubli de la première rencontre, très fugitive, avec « quelque chose de bleu dans la haie » ; rôle déclencheur du « signe mémoratif » : une pervenche aperçue en promenade à Cressier avec du Peyrou ; « transport » d'un « retour du passé » ; signifiance d'un « si petit objet » comme détail générateur d'effet de réel. Scène fondatrice donc, ce dont Nerval témoignera, après Mme de Staël[2], en évoquant dans *Sylvie* les « pervenches si chères à Rousseau » ; non moins fondatrice sans doute est la scène de l'air de Tircis (p. 40), vantée par Sainte-Beuve[3], où la réminiscence du « filet de voix fort douce » de la tante Suson prépare ce qui va se développer en littérature autour de la mélodie et de la mémoire jusqu'à la fameuse « petite phrase » proustienne.

1. Cf. J.-F. Perrin, « La scène de réminiscence avant Proust », *Poétique*, n° 102, 1995.

2. Voir Dossier, p. 200.

3. Voir Dossier, p. 189.

La scène de la pervenche : un échangeur temporel

Comme on l'a vu plus haut, cet épisode illustre l'infaillibilité de la mémoire réminiscente, qui porte en elle « l'édifice immense du souvenir » :

« Je donnerai de ces souvenirs un seul exemple qui pourra faire juger de leur force et de leur vérité. Le premier jour que nous allâmes coucher aux Charmettes, Maman était en chaise à porteurs, et je la suivais à pied. Le chemin monte : elle était assez pesante, et craignant de trop fatiguer ses porteurs, elle voulut descendre à peu près à moitié chemin pour faire le reste à pied. En marchant elle vit quelque chose de bleu dans la haie et me dit : " Voilà de la pervenche encore en fleur. " Je n'avais jamais vu de la pervenche, je ne me baissai pas pour l'examiner, et j'ai la vue trop courte pour distinguer à terre les plantes de ma hauteur. Je jetai seulement en passant un coup d'œil sur celle-là, et près de trente ans se sont passés sans que j'aie revu de la pervenche ou que j'y aie fait attention. En 1764, étant à Cressier avec mon ami M. du Peyrou, nous montions une petite montagne au sommet de laquelle il a un joli salon qu'il appelle avec raison Belle-Vue. Je commençais alors d'herboriser un peu. En montant et regardant parmi les buissons je pousse un cri de joie : "*Ah ! voilà de la pervenche !* " et c'en était en effet. Du Peyrou s'aperçut du transport, mais il en ignorait la cause ; il l'apprendra, je l'espère, lorsqu'un jour il lira ceci. Le lecteur peut juger par l'impression d'un si petit objet, de celle que m'ont faite tous ceux qui se rapportent à la même époque » (p. 289-290).

On ne commentera qu'un aspect de cette scène : ce qu'elle dévoile du champ ouvert dans le traitement de la temporalité narrative par l'« autre temps » de la réminiscence, circulaire et itératif dans son essence, qui permet de croiser ou de mettre en résonance des zones du récit séparées par la chronologie : art des « jointures » que retrouveront Chateaubriand, Nerval et quelques autres avant Proust.

L'épisode commence en narration ultérieure, selon une chronologie apparemment linéaire : la montée aux Charmettes remonte à la « fin de l'été de 1736 », l'ascension à Belle-Vue se déroule en 1764. Quant à l'indifférence de Rousseau vis-à-vis de la botanique, elle a duré « près de trente ans » et a changé vers 1764. La suite est en « narration antérieure » : c'est un récit prédictif que Rousseau situe dans une époque vague, celle de la publication posthume de son récit.

Mais cette linéarité de surface voile un jeu subtil avec le temps ; le récit s'ouvre en effet sur un retour en arrière : si l'on se reporte à la fin du livre V, on observera une ellipse entre la description du site des Charmettes et l'évocation de la « prise de possession » du premier jour ; le segment de la montée aux Charmettes en comble une partie, tout en ouvrant cependant une nouvelle ellipse d'environ trente ans, jusqu'en 1764 où le récit reprend, anticipant cette fois sur une époque qui n'arrivera qu'au livre XII dans *Les Confes-*

sions. Quant à la lecture à venir de du Peyrou, elle échappe à la clôture de l'œuvre, mais se trouve encore une fois indexée au livre XII, où du Peyrou est désigné comme l'exécuteur testamentaire de Rousseau (p. 754). L'anecdote ne délivre donc du récit qu'en le déportant immédiatement en amont et très loin en aval, jusque dans l'extra-diégétique, tandis que l'ellipse absorbe le récit « possible » des Charmettes dans la seule mention d'une indifférence continue aux plantes en général et aux pervenches en particulier.

Voici donc le héros en 1736, jetant « au passage un coup d'œil » sur « quelque chose de bleu dans la haie » qu'il ne connaîtra que par ouï-dire : « je ne me baissai pas pour l'examiner » (p. 290), et qui ne l'intéressera pas, vu son dégoût de l'herborisation en dépit des efforts de Mme de Warens rapportés au livre V (p. 236), mais aussi au livre VI, où le récit de la fameuse journée de la Saint-Louis le montre peu attentif à ce qu'elle tente de lui expliquer de la « structure » des plantes : « le moment n'était pas venu », note-t-il (p. 311) ; la prolepse qui suit équivaut à dire qu'il a persévéré dans son ignorance jusqu'au jour de la montée à Cressier : « près de trente ans se sont passés sans que j'aie revu de la pervenche ou que j'y aie fait attention » (p. 290) ; ainsi se trouve connectée une époque qui ne sera traitée qu'au livre XII : « je commençais alors d'herboriser un peu » *(ibid.)*, avec l'époque traitée au livre V où le narrateur anticipait d'ailleurs déjà sur sa future passion, donnée comme renaissance dans sa vieillesse des « engouements » de Chambéry : « la vie que je mène depuis dix ans à la campagne n'est guère qu'une herborisation continuelle » (p. 236) ; l'épisode de la pervenche « retrouvée » se trouve donc placé à la charnière où débute cette passion, manière de signifier de quels enjeux centraux celle-ci est chargée.

En effet, comme on l'a vu, l'enjeu de l'épisode ne réside pas en lui-même ; ainsi la fleur n'est ici qu'un signe mémoratif du bonheur avec Mme de Warens, dont le récit a fait habilement revenir les paroles dans la bouche du compagnon de du Peyrou : « En marchant elle vit quelque chose de bleu dans la haie et me dit : " Voilà de la pervenche encore en fleur. " [...] En montant et regardant parmi les buissons je pousse un cri de joie : *" Ah ! voilà de la pervenche ! "* et c'en était en effet [...] ». Comme la séquence des « j'étais heureux », tout l'épisode repose d'ailleurs sur le jeu des parallélismes ; il suffirait de superposer terme à terme la séquence de la montée aux Charmettes et celle de la montée à Belle-Vue, pour voir que chaque mesure de chaque partie se répond.

Tout dit ici le recommencement : c'est qu'il s'agit d'une *scène de reconnaissance* ; car si Rousseau se souvient de la montée aux Charmettes, c'est en songeant aussi à sa première rencontre avec Mme de Warens, narrée au livre II : « *je vois [...] de beaux yeux bleus pleins de douceur* » (p. 84 ; je souligne) ; quant à cette « voix argentée de la jeunesse, qui fit toujours sur [lui] tant d'impression » évoquée au livre V (p. 253), elle est revenue dans la sienne au début du livre VI, exactement comme les airs et le filet de voix de la tante Suson se glissaient au début du livre I dans « la voix déjà cassée et tremblante » du « vieux radoteur » (p. 40). D'un autre côté, ce qui se dit là d'une inattention persévérante aux fleurs rime par avance et par antiphrase avec le portrait du botaniste de l'île Saint-Pierre qui « n'y voulai[t] pas laisser un poil d'herbe sans analyse » (p. 758) : d'un excès à l'autre, c'est toujours Rousseau.

Placée à l'ouverture du livre VI, c'est-à-dire du dernier de cette première partie sur laquelle il a pensé quelque temps qu'il clorait ses *Confessions*, la scène rime également avec le dernier livre de la seconde partie. D'une part, elle mobilise implicitement l'arrière-pays du récit vers l'aboutissement qu'elle a pour fonction d'introduire, voire de « prouver », en l'inscrivant comme recommencement dans un futur qui est en fait celui de la narration ; d'autre part, avec la position charnière qu'elle confère à la montée vers Belle-Vue en 1764 pour le renversement de l'attitude de Rousseau à l'égard de la botanique, et par la mention de du Peyrou qui n'existe pour le lecteur que si le livre XII est écrit, elle appelle nécessairement le récit du bonheur à l'île Saint-Pierre et réciproquement.

Ainsi se manifeste la productivité en matière de connexions intratextuelles, de ce qu'Auerbach nomme l' « omnitemporalité » de la mémoire réminiscente[1] : la scène de la pervenche fonctionne comme un « échangeur »

1. Auerbach, *Mimésis*, Gallimard, 1968, p. 539.

où viennent se rassembler/comparer le passé immédiat et l'avenir proche (livre VI), mais aussi le passé révolu de la jeunesse de Rousseau (première partie) et l'« étude oiseuse » de la nature à l'île Saint-Pierre : accomplissement et renaissance, puisque si « recommenc[er] sans cesse » les mêmes choses sans ennui est la formule du bonheur aux Charmettes (p. 288), « observer mille et mille fois les mêmes choses » en les oubliant aussitôt est la clef d'une « éternité » sans ennui sur l'île des Bienheureux (p. 757).

LA NOSTALGIE DE L'ORIGINE

C'est l'aurea mediocritas *d'Horace.*
Émile, OC IV, p. 691.

Hoc erat in votis : modus agri non ita magnus,
Hortus ubi et tecto vicinus jugis aquae fons,
Et paulum sylvae super his foret[1].

Ces vers d'Horace qui ouvrent le livre VI renvoient au fameux « lieu de délices » antique, mais Rousseau connaît la suite du chant, qui en appelle au Dieu du commencement : « Dieu du matin, Père ou Janus (si tu préfères ce nom), toi qui, par la volonté des dieux, veilles aux premiers travaux de la vie humaine, que ton nom soit au début de mon poème[2] ! »

1. « Mes souhaits ? Les voici : une terre dont l'étendue ne serait pas tellement grande, un jardin, près de la maison une source, enfin un bouquet de bois » (Horace, *Satires, II*, 6, trad. F. Richard). Le texte latin porte *aqua fons*, et non *aquae fons*.

2. *Ibid.*, p. 199.

Le *Dictionnaire* de Chompré, fort pratiqué au XVIIIe siècle, présente ainsi Janus : « Il reçut Saturne dans ses États [...] ; pour avoir reçu favorablement ce dieu banni, [il] fut gratifié par lui d'une rare prudence, *avec la connaissance du passé et de l'avenir* [...], il tenait en ses mains une clef, et une baguette ou un bâton […] *parce qu'il recevait bien les voyageurs, et qu'il présidait aux chemins*[1]. »

1. *Dictionnaire abrégé de la Fable*, Paris, 1818, p. 251 (je souligne).

En écho, voici donc sa prière : « Ici commence le court bonheur de ma vie ; ici viennent les paisibles, mais rapides moments qui m'ont donné le droit de dire que j'ai vécu. Moments précieux et si regrettés ! ah ! recommencez pour moi votre aimable cours, coulez plus lentement dans mon souvenir, s'il est possible, que vous ne fîtes réellement dans votre fugitive succession » (p. 288). La prière au Dieu romain de l'âge d'or fait ainsi résonner la nostalgie fabuleuse des origines dans l'invocation au temps des Charmettes, appelé à se redéployer dans une écriture qui rêve de s'absorber tout entière dans son essence recommençante.

Mais dans *Les Confessions*, cette vocation indéfiniment itérative de la mémoire profonde peut aussi se nommer « ce temps-là » de l'enfance avant la catastrophe du châtiment injuste, ce présent pur de la réminiscence accordée dans le temps de la vieillesse, où tous les événements racontés sont contemporains les uns des autres dans une sorte de suspens éternel : « Je me rappelle toutes les circonstances des lieux, des personnes, des heures. Je vois la servante ou le valet agissant dans la chambre » (p. 52).

Un peu plus haut, le récit de l'exil de Bossey s'achevait au passé : « on se dégoûta de nous [...] et nous nous séparâmes » *(ibid.)* ; et c'est par une sorte de court-circuit temporel, de foudroyante torsion de l'économie narrative, que le présent fait irruption au paragraphe suivant, jailli d'une brusque prolepse chargée d'oubli, qui ne ramène le récit vers la narration que pour lancer l'évocation du hors-temps de la réminiscence : « Près de trente ans se sont passés depuis ma sortie de Bossey sans que je m'en sois rappelé le séjour d'une manière agréable par des souvenirs un peu liés : mais depuis qu'ayant passé l'âge mûr je décline vers la vieillesse, je sens que ces mêmes souvenirs renaissent » *(ibid.)*.

Ainsi travaille cette écriture, qui ne cesse de *composer* avec le temps pour qu'affleure parfois, à la surface de son cours, le charme intemporel de la mémoire de l'âme : « Je me rappelle toutes les circonstances des lieux, des personnes, des heures. Je vois la servante ou le valet agissant dans la chambre, une hirondelle entrant par la fenêtre, une mouche se poser sur ma main tandis que je récitais ma leçon : je vois tout l'arrangement de la chambre où nous étions ; le cabinet de M. Lambercier à main droite, une estampe représentant tous les papes, un baromètre, un grand calendrier, des framboisiers qui, d'un jardin fort élevé dans lequel la maison s'enfonçait sur le derrière, venaient ombrager la fenêtre, et passaient quelquefois jusqu'en dedans » *(ibid.)*.

Tout un monde englouti se dessine là en filigrane, car si c'est des « moindres faits de ce temps-là » que l'auteur se souvient, il sait devoir seulement les suggérer à ses lecteurs trop pressés ; voici donc deux silhouettes : « la servante ou le valet agissant dans la chambre », une visite impromptue — « une hirondelle entrant par la fenêtre » —, un instant fugace, quoique saisi au ralenti — « je vois [...] une mouche se poser sur ma main tandis que je récitais ma leçon ». Des événements bien ordinaires en somme ; mais cette simplicité même, la neutralité des modes utilisés, la mélodie de l'énumération font que chacun des éléments du récit « flotte » dans l'indéfini d'un recommencement jamais achevé : servante *ou* valet, *une* hirondelle, *une* mouche... minuscules acteurs éternellement contemporains les uns des autres dans cette mémoire où ils revivent, accompagnant l'apprentissage de l'enfant.

Mais encore ? À quoi tient le charme singulier de la scène ? Peut-être au détail « insignifiant » de la mouche qui se pose sur la main : c'est évidemment la qualité de « définition » de la scène de réminiscence qui se montre là, mais c'est surtout son *punctum*[1], sa poignance, déjà visible dans les « crochets [de] cheveux noirs [...] sur les tempes » de la tante Suson, déjà audible dans le ténu du « filet » de sa voix (p. 40) : Rousseau a inventé une *poétique de l'infime*, qui dit le rien comme métonymie du tout, et produit finalement la réminiscence comme l'expérience où ce qui fut vécu dans l'inconscience de l'inobservé se révèle signe d'un sens ; car la merveille de cette mémoire, c'est la conjonction de signes qui s'y cristallise. L'hirondelle est comme la mouche en ce miroir : pénétrant ensemble dans cette chambre par la voie du souvenir, elles signifient l'harmonie de la nature avec l'étude, dans cette maison ouverte au-dehors où les a d'ailleurs précédées un framboisier.

1. *Punctum* : cette notion désigne chez R. Barthes la capacité d'une photo à interpeller l'affectivité de son spectateur par un détail qui lui point. Cf. *La chambre claire*, Gallimard/Le Seuil, 1980, p. 73.

Ce qui bat ici, c'est le cœur de l'éternité pour celui qui voit « se poser sur [s]a main » l'allégorie vivante du vol de l'instant, tandis qu'au mur l'Histoire morte est figée dans « tous les papes » de l'estampe, et que le « grand calendrier » dit la vanité de la mesure du temps.

Racontant son arrivée à Bossey, le narrateur notait plus haut : « à Bossey, le travail me fit aimer les jeux qui lui servaient de relâche. La campagne était pour moi si nouvelle, que je ne pouvais me lasser d'en jouir [...] ; je ne me suis jamais rappelé avec dégoût mes heures d'étude [...], ce que j'appris je l'appris sans peine et n'en ai rien oublié » (p. 42). C'est seulement dix pages plus loin qu'on aura fini par savoir de quels bonheurs impalpables étaient faites ces heures ; que la fin s'enroule ainsi au commencement suggère quel ballet du rêve et du monde s'est joué là, pour un enfant qu'un *rien* distrayait car il y sentait le *tempo* de l'être.

L'OUBLI INSPIRÉ : LE « LÉVITE D'ÉPHRAÏM »

Hésiode conte que jadis Mnémosyne enfanta les Muses « pour être l'oubli des malheurs, la trêve aux soucis[1] ». À l'instar de leur chant, la mémoire heureuse de Rousseau lui apporte aussi la grâce de l'oubli. Il y revient fréquemment dans le récit ; il souligne ainsi, en introduisant la réminiscence de Bossey, que « ces mêmes souvenirs renaissent, tandis que les autres s'effacent » (p. 52) ; plus largement, le temps de la réminiscence a le pouvoir d'anni-

1. Hésiode, *Théogonie*, v. 98-103, trad. P. Mazon.

hiler chez lui toute autre dimension de la temporalité vécue que celle procurée par les retours du passé dans l'imaginaire ou dans l'écriture ; il le dit au livre VI, avant d'évoquer la pervenche, mais il le dit aussi ailleurs, par exemple à l'ouverture du livre VII, pour justifier par avance les lacunes et les erreurs qu'il prévoit dans une seconde partie consacrée aux plus tragiques événements de son existence : « Cette facilité d'oublier les maux est une consolation que le Ciel m'a ménagée [...]. Ma mémoire, qui me retrace uniquement les objets agréables, est l'heureux contrepoids de mon imagination effarouchée, qui ne me fait prévoir que de cruels avenirs » (p. 348).

Il y revient encore au livre XI, après avoir narré les circonstances de sa fuite lors de l'affaire de l'*Émile* ; là aussi, le don d'oubli lui est accordé : « Il est étonnant avec quelle facilité j'oublie le mal passé, quelque récent qu'il puisse être » (p. 694) ; c'est qu'il « épuise en quelque sorte [son] malheur d'avance » : « plus j'ai souffert à le prévoir, plus j'ai de facilité à l'oublier ; tandis qu'au contraire, sans cesse occupé de mon bonheur passé, je le rappelle et le rumine, pour ainsi dire, au point d'en jouir derechef quand je veux » *(ibid.)*.

Cette « heureuse disposition » n'est évidemment pas invoquée ici sans arrière-plan argumentatif ou justificatif : il s'agit de montrer qu'il est constitutivement incapable de haine et d'esprit de vengeance, et qu'il ne met autrui en cause que par souci de la vérité. Quoi qu'il en soit, pour ce qui nous occupe ici, cette double disposition à l'amnésie du malheur et à la mémoire heureuse sera illustrée par une réminiscence de lecture, qui se transforme rapidement en écriture inspirée.

Rousseau a pris soin de noter un peu plus haut que le soir où lui a été annoncée sa condamnation imminente par le Parlement, il s'était endormi après avoir relu un épisode du livre des Juges, lequel l'« affecta beaucoup », au point de l'« occupe[r] dans une espèce de rêve » (p. 688) ; interrompu par un réveil brutal en pleine nuit, ce rêve revient se poursuivre dans la mémoire et l'écriture, accompagné d'une autre réminiscence, alors que Rousseau court en chaise de poste vers la Suisse :

« Dès le lendemain de mon départ, j'oubliai [...] parfaitement tout ce qui venait de se passer [...]. Un souvenir qui me vint au lieu de tout cela fut celui de ma dernière lecture, la veille de mon départ. Je me rappelai aussi les *Idylles* de Gessner [...]. Ces deux idées me revinrent si bien, et se mêlèrent de telle sorte dans mon esprit, que je voulus essayer de les réunir, en traitant à la manière de Gessner le sujet du *Lévite d'Éphraïm*. [...] À peine eus-je essayé, que je fus étonné de l'aménité de mes idées, et de la facilité que j'éprouvais à les rendre. Je fis en trois jours les trois premiers chants de ce petit poème, que j'achevai dans la suite à Motiers » (p. 695).

Un tel passage s'inscrit dans la série de toutes les séquences de composition inspirée que contiennent *Les Confessions* : composition des *Muses galantes* dans l'abandon à

« l'œstre poétique et musical » (p. 366), illumination de Vincennes, écriture de la *Julie*. C'est un moment crucial dans l'histoire de ses écrits, il le souligne lui-même : « *Le Lévite d'Éphraïm*, s'il n'est pas le meilleur de mes ouvrages, en sera toujours le plus chéri » (p. 696) ; il se félicite en effet d'une part d'avoir surmonté la difficulté de mêler un style naïf et sentimental à un sujet affreux (Juges, XIX, raconte un viol collectif ; la victime en meurt, est découpée en douze morceaux par son concubin, qui les envoie aux tribus d'Israël, lesquelles massacrent la tribu fautive, dont les survivants mâles bénéficient d'un rapt autorisé par Israël afin que la tribu de Benjamin ne s'éteigne pas) ; et, d'autre part, d'avoir été capable de surmonter son malheur en « s'en consol[ant] avec lui-même » *(ibid.)*.

Oubli du malheur/mémoire du bonheur : de quoi Rousseau se souvient-il en écrivant son poème en prose ? Comme dans la Bible, la tribu de Benjamin y est maudite pour le viol d'une jeune femme au mépris des lois de l'hospitalité ; mais le prologue est de son cru, qui inscrit cette malédiction dans un destin : « Benjamin, triste enfant de douleur, qui donnas la mort à ta mère, c'est de ton sein qu'est sorti le crime qui t'a perdu ; c'est ta race impie qui put le commettre, et qui devait trop l'expier » (*OC II*, p. 1208).

De quel crime s'agit-il ? La réponse est dans la Genèse : « Rachel étant en travail, et ayant grand-peine à accoucher, elle se trouva en péril de sa vie. La sage-femme lui dit : " Ne craignez point, car vous aurez encore ce fils-ci. " Mais Rachel, qui sentait que la violence de la douleur la faisait mourir, étant près d'expirer, nomma son fils Bénoni, c'est-à-dire le fils de ma douleur ; et le père le nomma Benjamin, c'est-à-dire le fils de la droite[1]. » Qu'on prenne alors *Les Confessions* : « je naquis infirme et malade ; je coûtai la vie à ma mère, et ma naissance fut le premier de mes malheurs » (p. 35). Insérer ces lignes dans le prologue du *Lévite*, c'est éclairer par la Bible leur versant tragique : « Je naquis infirme et malade ; triste enfant de douleur qui donna la mort à sa mère, c'est de mon sein qu'est sorti le crime qui m'a perdu ; ma naissance fut le premier des mes malheurs et je devais trop l'expier. »

1. Genèse, 35, 16-18, trad. Lemaître de Sacy.

Mais c'est aussi comprendre que le fils de la droite y rachètera le fils de la douleur puisque Jacob a conjuré la malédiction de Rachel : après avoir expié son crime, la tribu de Benjamin sera réintégrée dans Israël pour lui donner son premier Roi ; quant à Rousseau, c'est son destin qu'il y rêve : sur le chemin de son exil, une mémoire bien plus vaste que celle de sa seule existence lui dicte la vérité messianique de ce qui fut « le premier de [ses] malheurs », afin qu'en l'expiant avec toutes ses fautes devant la communauté rassemblée et l'Éternel lui-même, le fils de la Nature rachète le fils du deuil, et que « l'homme de l'homme » retrouve sa mémoire de fils de la Nature.

OUBLIEUSE MÉMOIRE : L'ÎLE SAINT-PIERRE

Temps est comme éternité, éternité comme temps,
Si seulement tu ne fais pas de différence.

Angelus Silesius,
L'errant chérubinique.

Dans la *Cinquième Promenade*, Rousseau redira que la clef du bonheur est dans l'oubli du temps au sein de la nature, en évoquant un état « où l'âme trouve une assiette assez solide pour s'y reposer tout entière et rassembler là tout son être, sans avoir besoin de rappeler le passé ni d'enjamber sur l'avenir ; où le temps ne soit rien pour elle, où le présent dure toujours sans néanmoins marquer sa durée et sans aucune trace de succession, sans aucun autre sentiment de privation ni de jouissance, de plaisir ni de peine, de désir ni de crainte que celui seul de notre existence » (*OC I*, p. 1046).

La vérité secrète de cette mémoire est donc qu'elle tend vers l'oubli de tout ce qui n'est pas le pur sentiment d'exister : « Tant que cet état dure, écrit-il encore, on se suffit à soi-même comme Dieu. » Cette expérience, il l'a vécue dans sa retraite à l'île Saint-Pierre, et le livre XII des *Confessions* évoque comment elle se prépare : « L'oisiveté que j'aime n'est pas celle d'un fainéant qui reste là les bras croisés dans une inaction totale, et ne pense pas plus qu'il n'agit. [...] J'aime à m'occuper à faire des riens, à commencer cent choses et n'en achever aucune, à aller et venir comme la tête me chante, à changer à chaque instant de projet, à suivre une mouche dans toutes ses allures [...], à muser enfin toute la journée sans ordre et sans suite, et à ne suivre en toute chose que le caprice du moment » (p. 756-757).

Si l'expérience du bonheur aux Charmettes se vivait dans le retour du même, elle se dit ici comme identification au jailli de l'instant, retrouvant dans l'art d'herboriser l'étude distraite de l'écolier de Bossey : « La botanique, telle que je l'ai toujours considérée, et telle qu'elle commençait à devenir passion pour moi, était précisément une étude oiseuse, propre à remplir tout le vide de mes loisirs sans y laisser place au délire de l'imagination, ni à l'ennui d'un désœuvrement total » (p. 757).

De l'*otium* à l'« oiseux », c'est une relecture souriante du « loisir actif » (Guez de Balzac) des contemplatifs[1] qui s'affiche là, comme retour joueur au *carpe diem* : « Errer nonchalamment dans les bois et dans la campagne, prendre machinalement çà et là tantôt une fleur, tantôt un rameau, brouter mon foin presque au hasard, observer mille et mille fois les mêmes choses, et toujours avec le même intérêt parce que je les oubliais toujours, était de quoi passer l'éternité sans pouvoir m'ennuyer un moment » *(ibid.)*. Le voilà dans son éternité oublieuse, infinitif sans sujet mais non sans sentiment, pur exister « dans l'autre monde » (p. 756) de cette nouvelle « Isle enchantée » où il dira s'être « enlacé » lui-même (*OC I*, I, p. 1042), comme un nouveau Merlin.

1. Cf. B. Beugnot, *Le discours de la retraite au XVIIe siècle*, PUF, 1996, p. 222.

« Moment présent, petite éternité pour nous[1] », écrivait Fénelon : Rousseau, quant à lui, « sui[t] sans règle l'impulsion du moment » (p. 760), c'est-dire son jaillissement, son efflorescence, indéfiniment renouvelés par un bienheureux oubli : « J'étais, et mon défaut de mémoire me devait tenir toujours dans cet heureux point d'en savoir assez peu pour que tout me fût nouveau et assez pour que tout me fût sensible » (p. 757-758).

1. *Lettres spirituelles*, 158, éd. Gaume, 1851, t. VIII, p. 570.

Or, si « l'éternité est le cercle le plus vaste possible de durée », elle est aussi « un simple point de durée mais dans lequel tous les points du cercle [...] se trouvent conjoints et présents[2] ». Le bienheureux dans sa barque est ce point dans ce cercle, quand le *Nunc stans* se révèle *Nunc fluens* : « Le moment où je dérivais me donnait une joie qui allait jusqu'au tressaillement » (p. 760). Et l'âme s'en va, vers *nulle chose* : « Souvent, laissant aller mon bateau à la merci de l'air et de l'eau, je me livrais à des rêveries sans objet » (p. 760).

2. G. Poulet, *Les métamorphoses du cercle*, Champs-Flammarion, p. 27.

Tel est le gai « non-savoir savant[3] » de qui voudrait « passer l'éternité » sur cette île dans une réclusion consentie ; telle est l'oublieuse mémoire du spirituel et du poète de la Nature, qui fait du pur sentir un pur amour de l'existence rassemblée en un point heureux du temps.

3. J. de la Croix, *Poèmes mystiques*, Desclée de Brouwer, 1975, p. 40.

CONCLUSION

« Rousseau, qui a tout inventé », écrivait récemment Philippe Lejeune, parlant des *Lettres à Malesherbes* comme de premières « variations sur la forme brève » dans le genre autobiographique[1] ; de son côté, Lévi-Strauss avait appris chez lui que « chaque carrière ethnographique trouve son principe dans des " confessions ", écrites ou inavouées[2] ». Cette capacité à dépasser son temps, Hölderlin l'enracinait dans son écoute de l'origine : « Des rayons jaillis d'une ère plus belle / Sont venus messagers, jusqu'à ton cœur[3]. » Et en effet, cet Ancien parmi les Modernes a voulu « démêler », au tréfonds de sa mémoire et de celle de l'espèce, « ce qu'il y a d'originaire et d'artificiel dans la nature actuelle de l'homme » (*OC III*, p. 123) ; mais il est aussi celui qui a vu l'approche « de l'état de crise et du siècle des révolutions » (*OC IV*, p. 468), au-devant desquels sa pensée s'est portée comme nulle autre à son époque.

Par ses sources populaires, sa jeunesse vagabonde et sa fréquentation des puissants, par ses attaches républicaines et sa réflexion sur la décadence des monarchies, par sa double formation calviniste et catholique, par sa puissance théorique et son goût des chimères, par son appétit effréné de savoir autant que par sa rencontre avec les plus grands esprits des Lumières, qui l'ont poussé à réévaluer de fond en comble tout ce qu'il savait et croyait, cet autodidacte de génie s'est véritablement trouvé à la croisée des

1. « Repérages », in *Le tournant d'une vie*, Cahiers RITM 10, Paris X, 1995, p. 9.

2. *Op. cit.* Voir Dossier, p. 219.

3. Ode à Rousseau. Voir Dossier, p. 183.

temps : toute son œuvre en est sortie, comme un immense effort pour les accorder ; cela lui a valu de devenir cet auteur pourchassé à travers l'Europe pour avoir déplu à Paris et à Genève, aux philosophes comme aux chrétiens.

Cet impossible accord, son audace ou sa lucidité est peut-être d'en avoir reconnu l'image en lui-même, dans son étonnante capacité à devenir un autre, à s'aliéner à son insu pour changer de religion, calomnier Marion, ou abandonner ses enfants quand il méditait sur les devoirs de l'homme. La solution du problème, il est allé la chercher à la source : non comme repli sur une intimité inquiète de sa seule singularité, mais comme enquête sur une genèse intérieure considérée comme clef de toute l'histoire de ses rapports avec les autres, et par extension de ceux de tout homme avec tout autre. Ce qu'il en a ramené et fait de pièces et de morceaux, dit-il, dont l'assemblage reste à faire car le sens s'est dérobé au cours de l'enquête ; c'est peut-être même la principale découverte, cette fuite du sens, absorbé par l'irréductible logique des apparences.

Mais s'il demande à ses lecteurs de prendre en charge l'enquête et de rendre raison, s'il est possible, de cet innommable qui hante son histoire, c'est sans doute pour avoir compris qu'il lui fallait l'oublier, ou tenter de l'oublier, afin qu'un autre message passe qui rende un sens à son destin, un sens qu'il lit à la fin du livre des Juges dans la rédemption de la tribu d'Éphraïm, dans Horace quand il chante l'*aurea mediocritas* ou s'adresse au « Dieu du matin », dans Virgile ou Ovide quand il déchiffre avec eux sa propre trajectoire comme quête indéfiniment recommencée d'une origine qui n'a plus lieu qu'en rêve, dans les romans ou dans ses écrits. Cela, aucun des philosophes des Lumières ne pouvait y *croire* comme il y a cru en revivant Genève, Bossey, les Charmettes et l'île Saint-Pierre, dans ce rêve prolongé que fut pour lui l'écriture, ce *vivere bis* qui retrouvait la vérité et l'harmonie latentes, reliant ce que le temps sépare, réparant ce que les erreurs, les fautes et les égarements de tous ordres avaient meurtri en lui et chez les autres.

C'est comme en passant et par surcroît que Rousseau a inventé l'autobiographie ; ce qu'il nous a surtout appris finalement, c'est une certaine manière de s'oublier pour chercher en soi le visage de l'Autre, comme un double et comme une énigme porteurs de destin, à déchiffrer dans tous les sens possibles.

DOSSIER

I. ROUSSEAU EN SON TEMPS

LE CONTEXTE GENEVOIS[1]

LA RÉPUBLIQUE DE GENÈVE

Genève : une république parmi les monarchies. En fait, c'est un régime aristocratique hiérarchisé et inégalitaire qui dépend de ses grands voisins, notamment l'État français, chaque fois qu'il entre en crise.

Un État très inégalitaire

La population est divisée en quatre catégories : citoyens et bourgeois : mille cinq cents sur dix-huit mille (non comptés mineurs et femmes, sans droit de vote) ; natifs et sujets. Les *citoyens* sont nés d'un père déjà citoyen ou bourgeois, ils disposent des droits civils et politiques, ont accès à toutes les professions, ont le privilège de l'éligibilité aux principales magistratures. Les *bourgeois* leur sont hiérarchiquement inférieurs (ce statut s'obtient en payant), ils ne peuvent exercer les premières charges mais ont droit de vote au Conseil général (assemblée législative), droit de commerce et d'industrie. Les *natifs* sont nés à Genève de parents eux-mêmes natifs (ceux-ci étaient des étrangers ayant acheté leur droit de

1. Source : Raymond Trousson, *Jean-Jacques Rousseau*, Hachette, 1993, p. 10-15.

résidence) : ce droit est révocable ; ils paient charges et impôts, peuvent servir dans les régiments bourgeois, exercer un métier mais parmi les moins considérés et les moins lucratifs ; ils n'accèdent ni au législatif ni à l'exécutif. Les *sujets* sont des soldats mercenaires ou paysans des territoires sous autorité genevoise.

Le système politique

Citoyens et bourgeois siègent au Conseil général, en principe souverain comme détenteur du pouvoir législatif ; en fait ses prérogatives consistent uniquement dans l'élection des quatre premiers magistrats (syndics) sur une liste présentée par le Petit Conseil qui possède la réalité du pouvoir (ses vingt-cinq membres sont recrutés dans un conseil intermédiaire — le Conseil des Deux-Cents —, lui-même désigné par le Petit Conseil). Le Conseil général a un droit de représentation (de remontrance) ; mais le Petit Conseil peut passer outre s'il le juge bon (droit négatif). Le pouvoir est donc aux mains d'une oligarchie de patriciens et se transmet par cooptation.

Ce règne des patriciens s'exprime dans la division de la ville en « haute » et « basse » ville. Les gens du haut sont organisés dans le parti des Négatifs ; l'autre parti est celui des Représentants : il est l'expression des quartiers populaires de la basse ville et des faubourgs. Il y avait périodiquement des conflits entre le haut et le bas, qui dégénérèrent en de vraies guerres civiles ; Rousseau évoque d'ailleurs les « troubles » de 1737 dans *Les Confessions* (p. 277).

Chez les Rousseau, on est horloger de père en fils depuis trois générations ; le droit de bourgeoisie a été acquis en 1555, soit quinze ans après la réforme calviniste. Ce ne sont pas des patriciens mais des artisans. Les artisans genevois sont instruits ; dans les inventaires après décès, on trouve la Bible et des ouvrages pieux, mais aussi des livres de médecine, d'histoire, de droit, de politique. Rousseau le dit dans la dédicace du *Discours sur l'origine de l'inégalité* en évoquant son père : « Je vois Tacite, Plutarque, et Grotius, mêlés devant lui avec les instruments de son métier. » L'artisan genevois a donc une forte culture politique et un sens civique très développé.

Le père de Rousseau est établi dans le quartier Saint-Gervais, le quartier le plus populaire de Genève, mais c'est dans la ville haute que Jean-Jacques est né en 1712, dans une maison de la Grand-Rue acquise au milieu du siècle précédent par son arrière-grand-père maternel. Du côté de sa mère, on est en effet très à l'aise. Lors du mariage d'Isaac Rousseau et de Suzanne Bernard, le premier n'apportait que mille cinq cents florins, tandis que son épouse en apportait seize mille. Éduquée par son oncle, pasteur et professeur de mathématiques, elle était cultivée. En 1717, Isaac Rousseau devra vendre la maison de la Grand-Rue et quitter le quartier du haut pour s'installer rue de Coutance, quartier Saint-Gervais : c'est un déclassement. Profondément républicain, Isaac Rousseau est lié au parti des Représentants ; Jean-Jacques le suivra dans cette voie et entretiendra plus tard une correspondance suivie avec les chefs de ce parti.

LA CITÉ DE CALVIN

Genève, c'est aussi la cité calviniste où Didier Rousseau, fils d'un libraire de Monthléry, est venu se réfugier en pleines guerres de Religion, pour échapper aux bûchers catholiques. Il fut reçu habitant en 1549, ouvrit une auberge et acheta son droit de bourgeoisie en 1555.

Le calvinisme, c'est la rigueur morale. La cité est une théocratie où politique et religion ne font qu'un, et où l'on prêtait serment de « vivre selon la sainte réformation évangélique ». Un consistoire, composé de pasteurs, veille au respect des bonnes mœurs. « Ce n'est pas une juridiction civile mais une sorte de tribunal spirituel qui pourchasse la déviation doctrinale, le blasphème et le libertinage ». Décrets et ordonnances font régner un puritanisme sans concessions : une ordonnance de 1717 interdisait ainsi tout théâtre fixe ; on tolérait tout au plus les spectacles de passage. En 1702 on interdit les mariages en carrosse, les deuils ostentatoires, les parures excessives comme les chaînes de montre ou les habits galonnés. Celui qui est convaincu d'adultère est condamné à l'amende et au carcan ; la prostituée est jetée à l'eau. On poursuit en justice quiconque procrée hors mariage. C'est ainsi que Jacques Bernard, le grand-père maternel de Rousseau, fut amené deux fois devant le juge pour des promesses de mariage non tenues. En 1695, Suzanne, la mère de Rousseau, se travestit en homme à l'occasion d'une fête ; elle est reconnue, dénoncée, citée à comparaître.

Tel est donc le contexte genevois républicain, calviniste et puritain dans lequel Rousseau est venu à l'existence.

ÉLÉMENTS CHRONOLOGIQUES[1]

1712 *28 juin :* naissance à Genève (Grand-Rue) de Jean-Jacques Rousseau, « dans une famille que ses mœurs distinguaient du peuple » (p. 98) ; *4 juillet :* baptême ; *7 juillet :* mort de sa mère.

1717 Déménagement rue de Coutance, quartier Saint-Gervais.

1718-1720 (?) Premières lectures : « romans » et « romains ».

1721 Disparition du frère aîné.

1722 *Octobre :* Isaac Rousseau s'expatrie à la suite d'une querelle ; Jean-Jacques en pension chez le pasteur Lambercier à Bossey, avec son cousin Bernard.

1725 Il demeure chez son oncle Gabriel Bernard (Grand-Rue) ; stage chez le greffier Masseron ; entrée en apprentissage chez le graveur Du Commun.

1. Sources : *J.-J. Rousseau, O.C. I, op. cit.*, p. CI - CXVIII ; *J.-J. Rousseau, Les Confessions* (éd. R. Trousson), Imprimerie nationale, 1995, p. 104-143.

1726 Remariage d'Isaac Rousseau.

1728 *14 mars :* Rousseau s'enfuit de Genève ; *21 mars :* il se présente à Annecy chez Mme de Warens ; *fin avril :* il sort baptisé de l'hospice du Saint-Esprit à Turin ; *juillet-décembre :* laquais chez Mme de Vercellis.

1729 *Février-juin (?) :* au service du comte de Gouvon ; *septembre-octobre :* il se fait renvoyer et rejoint Mme de Warens ; quelques semaines au séminaire puis pensionnaire à la maîtrise de la cathédrale d'Annecy.

1730 *Avril :* accompagne M. Le Maître à Lyon ; voyage secret de Mme de Warens ; *juillet :* « journée des cerises » ; accompagne Mlle Merceret à Fribourg ; *août :* se fait passer pour compositeur à Lausanne ; *hiver :* leçons de musique à Neuchâtel.

1731 *Printemps :* interprète d'un faux archimandrite ; recueilli par l'ambassade de France à Soleure ; *juin-juillet :* précepteur à Paris ; *automne :* il retrouve Mme de Warens à Chambéry ; entrée au cadastre de Savoie ; esquisse de *Narcisse.*

1732 *Juin :* il abandonne le cadastre et donne des leçons de musique.

1734 *13 mars :* mort de Claude Anet, factotum et compagnon de Mme de Warens.

1735-1736 Premier séjour aux Charmettes.

1737 *Juillet :* majeur, il va à Genève régler des questions d'héritage ; *été :* Wintzenried, nouveau factotum de Mme de Warens ; *septembre* : Rousseau va se soigner à Montpellier (brève liaison avec Mme de Larnage) ; Mme de Warens s'installe aux Charmettes (maison Revil).

1738 *Février-mars* : revenu à Chambéry, Rousseau est accueilli froidement.

1739 Il étudie seul aux Charmettes ; il publie *Le verger de Mme de Warens.*

1740-1741 Il est précepteur à Lyon chez M. de Mably, prévôt général. *Projet pour l'éducation de M. de Sainte-Marie.*

Fin 1741 ou début 1742 Retour à Chambéry, départ pour Paris.

1742 *Juillet : Épître à Parisot ; août :* lecture à l'Académie des sciences du *Projet concernant de nouveaux signes pour la musique* ; rencontre de Diderot (cet hiver-là ou le suivant).

1743 *Janvier* : publication de la *Dissertation sur la musique moderne* ; ébauche de l'opéra des *Muses galantes* ; *10 juillet* : départ pour Venise (il est recruté comme secrétaire de l'ambassadeur de France, M. de Montaigu) ; *4 septembre* : arrivée à Venise.

1744 *22 août* : démission après de violents démêlés avec l'ambassadeur ; *octobre* : retour à Paris.

1744-1745 *Hiver* : il est introduit chez le fermier général La Pouplinière.

1745 *Mars* : il se lie avec Thérèse Levasseur, lingère, âgée de vingt-trois ans ; *sep-*

tembre : représentation des *Muses galantes* chez La Pouplinière ; *octobre-novembre :* il retouche les *Fêtes de Ramire* de Rameau et Voltaire.

1746 Secrétaire des Dupin à Chenonceaux ; il compose *L'allée de Sylvie* ; *hiver :* premier enfant aux Enfants-Trouvés ; rédaction des *Institutions chymiques* avec Francueil (fils de Mme Dupin).

1747 Mort de son père. Rédaction de *L'engagement téméraire.*

1748 Deuxième enfant. Rencontre de Mme d'Épinay et de sa belle-sœur, future comtesse d'Houdetot.

1749 Rédaction des articles sur la musique dans l'*Encyclopédie* ; *automne :* visite à Diderot incarcéré depuis juillet à Vincennes pour la *Lettre sur les aveugles* ; Rousseau découvre la question de l'Académie de Dijon pour le prix de morale de 1750 : son système lui est révélé. Amitié avec Grimm.

Fin 1749-début 1750 Il se met en ménage avec Thérèse.

1750 Son *Discours sur les sciences et les arts* est couronné le 9 juillet et publié à la fin de l'année.

1751 Troisième enfant ; *20 avril :* lettre à Mme de Francueil sur l'abandon de ses enfants ; polémiques autour de son *Discours* qui l'a rendu célèbre ; il se fait copiste de musique : époque de sa « réforme ».

1752 *Printemps-été :* composition du *Devin du village* ; *18 octobre :* grand succès du *Devin* à Fontainebleau ; *18 décembre :* représentation de *Narcisse* au Théâtre-Français.

1753 *Mars :* le *Devin* est joué à l'Opéra ; *novembre :* nouveau sujet proposé par l'Académie de Dijon sur l'origine de l'inégalité ; Publication de la *Lettre sur la musique française* (querelle des Bouffons) : controverse avec Rameau. Démêlés avec l'Opéra.

1754 *Juin :* en route pour Genève, il va voir Mme de Warens ; *12 juin :* il date de Chambéry la dédicace du second *Discours* ; *août :* il réintègre le calvinisme et recouvre la qualité de citoyen genevois ; *octobre :* retour à Paris.

1755 Publication du *Discours sur l'inégalité* ; lettre de Voltaire ; article « Économie politique » dans l'*Encyclopédie*.

1756 *Février :* refus d'un poste de bibliothécaire à Genève ; *9 avril :* installation à l'Ermitage de Montmorency avec Thérèse et sa mère ; travaux sur les écrits politiques de l'abbé de Saint-Pierre ; *18 août : Lettre à Voltaire sur la Providence* ; *fin 1756 :* la *Julie* s'ébauche.

1757 *Mars :* querelle avec Diderot, à propos d'une phrase du *Fils naturel* : « il n'y a que le méchant qui soit seul » ; *printemps-été :* passion pour Sophie d'Houdetot, querelle avec Mme d'Épinay ; *novembre :* travaille aux *Lettres morales* ; *15 décembre :* rupture avec Mme d'Épinay, installation à Montmorency.

1758 *Mars :* achèvement de la *Lettre à d'Alembert* (réponse à l'article « Genève » publié en 1757 dans l'*Encyclopédie*) ; *6 mai :* lettre de rupture de Mme d'Houdetot ; *13 septembre :* il annonce à Rey que la *Julie* en six parties est achevée ; *octobre :* publication de la *Lettre sur les spectacles* (avec une note consommant sa rupture avec Diderot).

1759-1760 Installation provisoire au Petit Château de Montmorency ; il travaille à l'*Émile* et au *Contrat social* ; excellentes relations avec les Luxembourg et l'aristocratie.

1761 *Janvier :* succès de *La Nouvelle Héloïse* à Paris ; *septembre :* Malesherbes lit son *Essai sur l'origine des langues* ; *novembre :* crise de délire à propos des manuscrits de l'*Émile* qu'il croit aux mains des jésuites : *31 décembre :* Rey lui demande sa « vie » comme introduction à ses *Œuvres diverses*.

1762 *Janvier : Lettres à Malesherbes ; avril :* publication à Amsterdam du *Contrat social*, interdit en mai ; *fin mai :* mise en vente de l'*Émile* (permission tacite) ; *9 juin :* condamnation par le Parlement (décrété de prise de corps, Rousseau doit s'enfuir en Suisse) ; *11-19 juin :* l'*Émile* est brûlé à Paris, puis à Genève où l'auteur est également décrété ; *10 juillet :* chassé du territoire bernois, Rousseau se réfugie à Motiers-Travers, dans la principauté prussienne de Neuchâtel ; Thérèse l'y rejoint le 20, amitié avec le gouverneur Lord Keith (Mylord Maréchal) ; *29 juillet :* mort de Mme de Warens ; *août :* mandement de l'archevêque de Paris, Ch. de Beaumont, contre l'*Émile* ; *septembre :* Rousseau prend l'habit arménien.

1763 *Mars :* publication de la *Lettre à Christophe de Beaumont* ; *12 mai :* il abdique la citoyenneté genevoise ; *juin :* manifestations en sa faveur du parti des Représentants à Genève ; *septembre-octobre :* à Genève, les *Lettres écrites de la campagne*, de Tronchin, attaquent brillamment Rousseau et les Représentants.

1764 Contacts avec les chefs des Représentants ; *juillet :* début de la passion pour la botanique ; *septembre-octobre :* il est l'hôte de du Peyrou à Cressier ; *14 novembre :* Duclos l'engage à écrire sa « vie » ; *octobre :* publication en Hollande des *Lettres de la montagne* ; *novembre :* le libraire Fauche désire entreprendre l'édition générale de ses œuvres à Neuchâtel ; *18 décembre :* les *Lettres de la montagne* arrivent à Genève : scandale ; *27 décembre : Le sentiment des citoyens* (pamphlet anonyme lancé par Voltaire) révèle que Rousseau a abandonné ses enfants.

Fin 1764-début 1765 Rédaction du premier préambule des *Confessions*.

1765 *Janvier :* les *Lettres de la montagne* sont brûlées en Hollande et à Paris ; *printemps-automne :* difficultés de Rousseau à Motiers avec le pasteur Montmollin ; *nuit du 6 septembre :* lapidation de sa maison ; *12 septembre-25 octobre :* il se réfugie à l'île Saint-Pierre ; *29 octobre :* expulsé, il quitte Bienne ; *novembre-décembre :* séjour à Strasbourg ; *16 décembre :* à Paris, au Temple, sous la protection du prince de Conti ; *24 décembre :* il demande à du Peyrou de lui envoyer les documents nécessaires à la rédaction des *Confessions*.

1766 *4 janvier :* départ pour l'Angleterre avec Hume. Thérèse le rejoint en février ; *fin mars :* installation à Wooton (Staffordshire), rédaction des *Confessions* ; *juin-juillet :* démêlés avec Hume ; *10 juillet :* longue lettre accusatrice de Rousseau. Grand remue-ménage autour de l'affaire dans la République des Lettres ; Mylord Maréchal rompt discrètement avec lui.

1767 *Mars :* le roi d'Angleterre George III lui accorde une pension ; *avril :* Rousseau confie ses papiers à Cerjat pour qu'il les envoie à du Peyrou ; *21 mai :* départ précipité pour la France, réside chez Mirabeau, puis à Trye-le-Château, près de Gisors, chez le prince de Conti ; il se fait appeler Jean-Joseph Renou et fait passer Thérèse pour sa sœur ; brouille avec du Peyrou (Rousseau croit qu'il le soupçonne d'avoir voulu l'empoisonner) ; *26 novembre :* le *Dictionnaire de musique* est mis en vente à Paris.

1768 *Printemps :* la première partie des *Confessions* est vraisemblablement achevée ; un « cahier » en est remis à Mme de Nadaillac ; *juin :* il quitte Trye pour Lyon, puis la Grande-Chartreuse ; *juillet :* il passe un mois à Grenoble ; *août :* il se fixe à Bourgoin où il épouse civilement Thérèse.

1769 Installation à Monquin près de Bourgoin ; *mi-novembre :* reprise des *Confessions* (seconde partie).

1770 *26 février :* longue lettre à M. de Saint-Germain sur le « complot ». Il regagne Paris en été, s'installe rue Plâtrière en automne, reprend son métier de copiste et achève ses *Confessions* ; *hiver :* il en donne quelques lectures.

1771 *Mai :* sur demande de Mme d'Épinay, les lectures des *Confessions* sont interdites ; *juillet* : début des relations avec Bernardin de Saint-Pierre.

1772 *Automne* : travaille aux *Considérations sur le gouvernement de Pologne.*

1772-1773 Travaille à *Rousseau juge de Jean-Jacques, Dialogues.*

1774 *Avril-novembre* : il assiste à *Iphigénie en Aulide* de Gluck, compose la musique du premier acte d'un *Daphnis et Chloé*, retravaille *Le Devin du village*, rédige une introduction à son *Dictionnaire des termes d'usage en botanique.*

1775 *Octobre* : *Pygmalion* à la Comédie-Française.

1776 *24 février* : tentative avortée de dépôt du manuscrit des *Dialogues* dans le chœur de Notre-Dame ; *automne-hiver* : il commence *Les Rêveries du promeneur solitaire* ; *24 octobre* : accident de Ménilmontant (*cf.* Deuxième Promenade).

1777 *Janvier* : reprise du *Devin du village* ; *février* : il rédige un mémoire exposant ses difficultés matérielles. *Printemps-été* : poursuite des *Rêveries* ; août, il renonce à ses activités de copiste.

1778 *12 avril* : rédaction de la Dixième Promenade (restée inachevée) ; *2 mai* : Rousseau confie à Paul Moultou une partie de ses manuscrits, dont une copie autographe des *Confessions* (manuscrit dit de Genève) ; *20 mai* : installation à Ermenonville, chez le marquis de

Girardin ; *2 juillet :* mort de Rousseau ; *4 juillet :* inhumation dans l'île des Peupliers à Ermenonville.

1779 Publication des *Lettres à Malesherbes* dans *Les Mois* de Roucher (remarques sur le XIe chant).

1780 *Août :* début de publication de la *Collection complète des œuvres de J.-J. Rousseau, Citoyen de Genève*, par la Société typographique de Genève, éd. du Peyrou et Moultou. Publication du premier *Dialogue* à Londres, éd. Brooke Boothby.

1782 *Printemps :* publication à Genève de la première partie des *Confessions*, suivie des *Rêveries* et des *Lettres à Malesherbes* (édition plus exacte que celle de Roucher). Les *Dialogues* paraîtront peu après.

1783 A.-J. Servan : *Réflexions sur « Les Confessions » de Jean-Jacques Rousseau.*

1788 Mme de Staël : *Lettres sur les écrits et le caractère de Rousseau.*

1789 *Automne :* sans l'accord de du Peyrou, le fils de P. Moultou fait paraître à Genève la seconde partie des *Confessions* (noms propres remplacés par des initiales) ; du Peyrou la procure peu après dans le *Second supplément* de la *Collection complète* (noms propres rétablis).

1791 L.-S. Mercier : *De J.-J. Rousseau considéré comme l'un des premiers auteurs de la Révolution*. Ginguené : *Lettres sur « Les Confessions »*.

1793 *27 septembre* : Th. Levasseur remet à la Convention nationale l'exemplaire manuscrit des *Confessions* qu'elle avait en dépôt (manuscrit dit de Paris) ; *9-11 octobre* : transfert des cendres de Rousseau au Panthéon.

1801 Première édition du manuscrit de Paris des *Confessions*, dans les *Œuvres de J.-J. Rousseau, Citoyen de Genève*, Paris, Didier, an IX, vol. XIV-XV.

MANUSCRITS ET ÉDITIONS DES « CONFESSIONS»

On trouvera les informations essentielles concernant les manuscrits et éditions des *Confessions*, dans le dossier de l'édition Folio (p. 788-791). Pour plus de précisions, se reporter à Jacques Voisine, *Introduction* aux *Confessions* (Garnier, 1980), p.CXVII-CXX, qui donne un historique clair des principales éditions jusqu'à aujourd'hui.

Rappelons cependant que *le XVIIIe siècle n'a lu la première partie de l'ouvrage qu'en version expurgée*, Moultou et du Peyrou ayant censuré certains passages jugés scabreux : aventure du Maure au livre II (p. 104), épisodes de l'homme au sabre et de l'opiat de la maréchale de Luxembourg, au livre III (p. 130 et 161), aventures homosexuelles de

Lyon, au livre IV (p. 220) ; le texte original ne fut rétabli qu'à la fin du siècle, le texte du manuscrit de Paris complétant les lacunes de l'édition genevoise.

II. TEXTES DE ROUSSEAU SE RAPPORTANT AUX « CONFESSIONS »

LE PREMIER PRÉAMBULE DES « CONFESSIONS » (PRÉAMBULE DE NEUCHÂTEL)

Daté (postérieurement) de 1764, ce préambule du manuscrit de Neuchâtel, où apparaît pour la première fois le mot « confessions », figure sur un cahier contenant les trois quarts du livre I, laissé par Rousseau à du Peyrou avant de sortir de Suisse. Bien qu'il ait été finalement supprimé de la version définitive, ce préambule, qu'on connaît depuis 1850 (Sainte-Beuve en cite de larges extraits au début de son grand article des *Causeries du lundi* sur *Les Confessions*), montre la conscience très claire qu'avait Rousseau de l'originalité théorique et pratique de son entreprise ; l'essentiel du propos s'en trouve d'ailleurs repris à des endroits choisis du récit définitif, comme rappel des enjeux fondamentaux de l'ouvrage et du rapport inédit qui doit s'y nouer entre l'auteur et son public (voir notamment l'avant-dire et le préambule, la fin du livre IV, l'ouverture des livres VI et VII, la fin des livres VIII et XI, l'ouverture du livre XII).

OCI, p. 1149-1154.

[...] j'ai résolu de faire faire à mes lecteurs un pas de plus dans la connaissance des hommes, en les tirant s'il est possible de cette règle unique et fautive de juger toujours du cœur d'autrui par le sien ; tandis qu'au contraire il faudrait souvent pour connaître le sien même, commencer par lire dans celui d'autrui. Je veux tâcher que pour apprendre à s'apprécier, on puisse avoir du moins une pièce de comparaison ; que chacun puisse connaître soi et un autre, et cet autre ce sera moi.

Oui, moi, moi seul, car je ne connais jusqu'ici nul autre homme qui ait osé faire ce que je me propose. Des histoires, des vies, des portraits, des caractères ! Qu'est-ce que tout cela ? Des romans ingénieux bâtis sur quelques actes extérieurs, sur quelques discours qui s'y rapportent, sur de subtiles conjectures où l'auteur cherche bien plus à briller lui-même qu'à trouver la vérité. On saisit les traits saillants d'un caractère, on les lie par des traits d'invention, et pourvu que le tout fasse une physionomie, qu'importe qu'elle ressemble ? Nul ne peut juger de cela.

Pour bien connaître un caractère il y faudrait distinguer l'acquis d'avec la nature, voir comment il s'est formé, quelles occasions l'ont développé, quel enchaînement d'affections secrètes l'a rendu tel, et comment il se modifie, pour produire quelquefois les effets les plus contradictoires et les plus inattendus. Ce qui se voit n'est que la moindre partie de ce qui est ; c'est l'effet apparent dont la cause interne est cachée et souvent très compliquée. Chacun devine à sa manière et peint à sa fantaisie ; il n'a pas peur qu'on confronte l'image au modèle, et comment nous ferait-on connaître ce modèle intérieur, que celui qui le peint dans un autre ne saurait voir, et que celui qui le voit en lui-même ne veut pas montrer ?

Nul ne peut écrire la vie d'un homme que lui-même. Sa manière d'être intérieure, sa véritable vie n'est connue que de lui ; mais en l'écrivant il la déguise ; sous le nom de sa vie, il fait son apologie ; il se montre comme il veut être vu, mais point du tout comme il est. Les plus sincères sont vrais tout au plus dans ce qu'ils disent, mais ils mentent par leurs réticences, et ce qu'ils taisent change tellement ce qu'ils feignent d'avouer, qu'en ne disant qu'une partie de la vérité ils ne disent rien. Je mets Montaigne à la tête de ces faux sincères qui veulent tromper en disant vrai. Il se montre avec des défauts, mais il ne s'en donne que d'aimables ; il n'y a point d'homme qui n'en ait d'odieux. Montaigne se peint ressemblant mais de profil. [...]

Il est donc sûr que si je remplis bien mes engagements j'aurai fait une chose unique et utile. Et qu'on n'objecte pas que n'étant qu'un homme du peuple, je n'ai rien à dire qui mérite l'attention des lecteurs. Cela peut être vrai des événements de ma vie : mais j'écris moins l'histoire de ces événements en eux-mêmes que celle de l'état de mon âme à mesure qu'ils sont arrivés. Or les âmes ne sont plus ou moins illustres que selon qu'elles ont des sentiments plus ou moins grands et nobles, des idées plus ou moins vives et nombreuses. Les faits ne sont ici que des causes occasionnelles. [...]

Puisque mon nom doit durer parmi les hommes, je ne veux point qu'il y porte une réputation mensongère ; je ne veux point qu'on me donne des vertus ou des vices que je n'avais pas, ni qu'on me peigne sous des traits qui ne furent pas les miens. [...]

Peu d'hommes ont fait pis que je n'ai fait, et jamais homme n'a dit de lui-même ce que j'ai à dire de moi. Il n'y a point de vice de caractère dont l'aveu ne soit plus facile à faire que celui d'une action noire ou basse, et l'on peut être assuré que celui qui ose avouer de telles actions avouera tout. Voilà la dure mais sûre preuve de ma sincérité. Je serai vrai ; je le serai sans réserve ; je dirai tout ; le bien, le mal tout enfin. Je remplirai rigoureusement mon titre, et jamais la dévote la plus craintive ne fit un meilleur examen de conscience que celui auquel je me prépare ; jamais elle ne déploya plus scrupuleusement à son confesseur tous les replis de son âme que je vais déployer tous ceux de la mienne au public. Qu'on commence seulement à me lire sur ma parole ; on n'ira pas loin sans voir que je veux la tenir.

Il faudrait pour ce que j'ai à dire inventer un langage aussi nouveau que mon projet : car quel ton, quel style prendre pour débrouiller ce chaos immense de sentiments si divers, si contradictoires, souvent si vils et quelquefois si sublimes dont je fus sans cesse agité ? Que de riens, que de misères ne faut-il point que j'expose, dans quels détails révoltants, indécents, puérils et souvent ridicules ne dois-je pas entrer pour suivre le fil de mes dispositions secrètes, pour montrer comment chaque impression qui a fait trace en mon âme, entra pour la première fois ? Tandis que je rougis seulement à penser aux choses qu'il faut que je dise, je sais que des hommes durs traiteront encore d'impudence l'humiliation des plus pénibles aveux ; mais il faut faire ces aveux ou me déguiser ; car si je tais quelque chose on ne me connaîtra sur rien, tant tout se tient, tant tout est un dans mon caractère, et tant ce bizarre et singulier assemblage a besoin de toutes les circonstances de ma vie pour être bien dévoilé.

[...] Je vais travailler pour ainsi dire dans la chambre obscure ; il n'y faut point d'autre art que de suivre exactement les traits que je vois marqués. Je prends donc mon parti sur le style comme sur les choses. Je ne m'attacherai point à le rendre uniforme ; j'aurai toujours celui qui me viendra, j'en changerai selon mon humeur sans scrupule, je dirai chaque chose comme je la sens, comme je la vois, sans recherche, sans gêne, sans m'embarrasser de la bigarrure. En me livrant à la fois au souvenir de l'impression reçue et au sentiment présent je peindrai doublement l'état de mon âme, savoir au moment où l'événement m'est arrivé et au moment où je l'ai décrit ; mon style inégal et naturel, tantôt rapide et tantôt diffus, tantôt sage et tantôt fou, tantôt grave et tantôt gai fera lui-même partie de mon histoire [...]

Écrites en 1762 au directeur de la Librairie, alors que Rousseau s'imagine que les jésuites se sont emparés du manuscrit de l'*Émile* pour le défigurer, les *Lettres à Malesherbes*, « contenant le vrai tableau de mon caractère et les vrais motifs de toute ma conduite », donnent une idée de l'état de sa réflexion sur lui-même à cette époque. La *Lettre* I répond à une précédente lettre de Malesherbes (lequel fait indéniablement fonction de thérapeute ici), où celui-ci analyse les moments dépressifs de Rousseau et son goût pour la solitude comme effets de sa mélancolie naturelle.

Pour moi, Monsieur, je vous dirai avec toute la franchise qui vous est due que j'ai vu dans tous vos procédés une extrême sensibilité, un grand fond de mélancolie et beaucoup de disposition à voir les choses du côté le plus noir, mais une disposition au moins égale à vous rendre à la justice et à la vérité quand elle vous est présentée. [...] Cette mélancolie sombre qui fait le malheur de votre vie est prodigieusement augmentée par la maladie et par la solitude, mais je crois qu'elle vous est naturelle et que la cause en est physique. [...] Vous ne pouvez pas douter que bien des gens n'imputent les partis extrêmes que vous avez pris à cette vanité qu'on a tant reprochée aux anciens philosophes. Pour moi il me semble que je vous estime davantage depuis que j'en ai vu le principe dans la constitution de vos organes et dans cette bile noire qui vous consume. Étant assez malheureux pour voir souvent des horreurs où Démocrite n'aurait vu que du ridicule, il est tout simple que vous ayez fui dans les déserts pour n'en être plus témoin.

Malesherbes à Rousseau, 25 décembre 1761, *CC*, t. IX, n° 1610.

Rousseau ne pouvait souscrire à une analyse aussi naturaliste de son cas : c'est la ville et non sa nature qui le rend bilieux, et la campagne l'en guérit car il y rentre dans son élément.

Vous me supposez malheureux et consumé de mélancolie. Oh ! Monsieur combien vous vous trompez ! C'est à Paris que je l'étais ; c'est à Paris qu'une bile noire rongeait mon cœur, et l'amertume de cette bile ne se fait que trop sentir dans tous les écrits que j'ai publiés tant que j'y suis resté. Mais Monsieur, comparez ces écrits avec ceux que j'ai faits dans ma solitude, ou je suis trompé, ou vous sentirez dans ces derniers une certaine sérénité d'âme qui ne se joue point et sur laquelle on peut porter un jugement certain de l'état intérieur de l'auteur.

OC I, p. 1131.

Quant à son goût pour la solitude, ce n'est pas un produit de l'amour-propre mais de la paresse invincible de son naturel.

Quelle est donc enfin cette cause ? Elle n'est autre que cet indomptable esprit de liberté que rien n'a pu vaincre, et devant lequel les honneurs, la fortune et la réputation même ne me sont rien. Il est certain que cet esprit de liberté me vient moins d'orgueil que de paresse ; mais cette paresse est incroyable ; tout l'effarouche ; les moindres devoirs de la vie civile lui sont insupportables [...] ; et j'ai cent fois pensé que je n'aurais pas vécu trop malheureux à la Bastille, n'y étant tenu à rien du tout qu'à rester là.

Ibid., p. 1132-1133.

J'ai cependant fait dans ma jeunesse quelques efforts pour parvenir. Mais ces efforts n'ont jamais eu pour but que la retraite et le repos dans ma vieillesse, et comme ils n'ont jamais été que par secousse comme ceux d'un paresseux, ils n'ont jamais eu le moindre succès. Quand les maux sont venus ils m'ont fourni un beau prétexte pour me livrer à ma passion dominante [...]. J'ai tout planté là, et je me suis dépêché de jouir. Voilà, Monsieur, je vous le jure, la véritable cause de cette retraite à laquelle nos gens de lettres ont été chercher des motifs d'ostentation qui supposent une constance, ou plutôt une obstination à tenir à ce qui me coûte, directement contraire à mon caractère naturel.

Enfin, le programme tracé pour les lettres suivantes préfigure déjà les deux préambules des *Confessions* :

[...] je me peindrai sans fard, et sans modestie, je me montrerai à vous tel que je me vois, et tel que je suis, car passant ma vie avec moi je dois me connaître et je vois par la manière dont ceux qui pensent me connaître interprètent mes actions et ma conduite qu'ils n'y connaissent rien. Personne au monde ne me connaît que moi seul. Vous en jugerez quand j'aurai tout dit.

Ibid., p. 1133.

La deuxième des *Lettres à Malesherbes* est déjà centrée sur la question autour de laquelle tourne le livre I des *Confessions* : comment expliquer ce composé d'inconciliables qu'est le caractère de Rousseau, sinon par sa genèse ?

Une âme paresseuse qui s'effraie de tout soin, un tempérament ardent, bilieux, facile à s'affecter et sensible à l'excès à tout ce qui l'affecte semblent ne pouvoir s'allier dans le même caractère, et ces deux contraires composent pourtant le fond du mien. Quoique je ne puisse résoudre cette opposition par des principes, elle existe pourtant, je la sens, rien n'est plus certain, et j'en puis du moins donner par les faits une espèce d'historique qui peut servir à la concevoir. J'ai eu plus d'activité dans l'enfance, mais jamais comme un autre enfant. Cet ennui de tout m'a de bonne heure jeté dans la lecture. À six ans Plutarque me tomba sous la main, à huit je le savais par cœur ; j'avais lu tous les romans, ils m'avaient fait verser des seaux de larmes, avant l'âge où le cœur prend intérêt aux romans. De là se forma dans le mien ce goût héroïque et roma-

Ibid., p. 1134.

nesque qui n'a fait qu'augmenter jusqu'à présent, et qui acheva de me dégoûter de tout, hors ce qui ressemblait à mes folies.

LA LETTRE À M. DE SAINT-GERMAIN DU 26 FÉVRIER 1770

Écrite à Monquin dans une période d'intense dépression, cette très longue lettre autobiographique éclaire le climat affectif dramatique dans lequel Rousseau écrivit la seconde partie des *Confessions*. Tiré du début de la lettre, le premier extrait complète l'ouverture du livre VII (p. 48-350) dont on retrouvera ici des expressions entières.

CC, t. XXXVII, n° 6673, p. 249-250.

[Choiseul] s'est appliqué à me travestir en monstre effroyable. Il a concerté dans le secret l'heure de ma diffamation, il m'a fait enlacer de toutes parts par ses satellites, il m'a fait traîner par eux dans la fange ; il m'a rendu la fable du peuple et le jouet de la canaille. Pour m'accabler encore mieux de la haine publique il a pris soin de la faire sortir par les moqueuses caresses des fourbes dont il me faisait entourer ; et pour dernier affinement il a fait en sorte que partout les égards et les attentions parussent me suivre afin que quand trop sensible, aux outrages, j'exhalerais quelques plaintes j'eusse l'air d'un homme inquiet qui n'est pas à son aise avec lui-même, et qui se plaint des autres parce qu'il est mécontent de lui.

[...] Dès qu'il est convenu que je suis un homme noir, c'est à qui me controuvera le plus de crime. Quiconque en a fait un peut en faire cent, et vous verrez que bientôt j'irai violant, brûlant, empoisonnant, assassinant [...] sans m'embarrasser des foules de surveillants qui me guettent, sans songer que les planchers sous lesquels je suis ont des yeux, que les murs qui m'entourent ont des oreilles, que je ne fais pas un pas qui ne soit compté, pas un mouvement de doigt qui ne soit noté [...].

Ce deuxième extrait est tiré de la fin de la lettre : espérance malgré tout, conscience tranquille — « j'étais homme et j'ai péché [...] mais jamais le crime n'approcha de mon cœur » —, aspiration à la mort, identification aux martyrs... ce passage éclaire bien les implicites religieux des *Confessions* et notamment de leur préambule.

Ibid., p. 267-268.

Eh ! que reste-t-il ici-bas qui pût me faire aimer à vivre. Déjà vieux, souffrant, sans ami, sans appui, sans consolation, sans ressource, voilà bientôt la pauvreté prête à me talonner ; et quand on m'aurait même laissé la liberté de gagner mon pain, de quoi jouirais-je en le mangeant. Quoi ! voir toujours des hommes, faux, haineux, malveillants ! toujours des masques ; toujours des traîtres ; et loin de vous pas un seul visage d'homme, pas un seul mot de vérité, pas un seul épanchement de mon cœur dans un autre. Ah ! la vie à ce prix m'est insupportable ; et quand sa fin ne serait que celle de mes peines, je désirerais d'en sortir ; mais elle sera le commencement de ce bonheur pour lequel je me sentais né, et que j'ai vainement cherché sur la terre. [...] J'étais homme, et j'ai péché, j'ai fait de grandes fautes que j'ai bien expiées mais jamais le crime n'approcha de mon cœur. Je me sens juste, bon, vertueux, autant qu'homme qui soit sur la terre ; voilà le motif de mon espérance et de ma sécurité. [...]

Non, je ne trouve rien de si grand, rien de si beau, que de souffrir pour la vérité. J'envie la gloire des martyrs. Si je n'ai pas en tout la même foi qu'eux, j'ai la même innocence et le même zèle, et mon cœur se sent digne du même prix.

« RÊVERIES DU PROMENEUR SOLITAIRE », QUATRIÈME PROMENADE

La Quatrième Promenade est une méditation sur le mensonge et la vérité : Rousseau revient ici sur ce que *Les Confessions* comportent de fiction redevable aux lacunes de la mémoire et au plaisir de l'écriture ; il indique également de quelle manière très particulière il s'est, lui aussi, « peint de profil ».

OC I, p. 1035-1036.

Je n'ai jamais mieux senti mon aversion naturelle pour le mensonge qu'en écrivant mes confessions, car c'est là que les tentations auraient été fréquentes et fortes, pour peu que mon penchant m'eût porté de ce côté. Mais, loin d'avoir rien tu, rien dissimulé qui fût à ma charge, par un tour d'esprit que j'ai peine à m'expliquer et qui vient peut-être d'éloignement pour toute imitation, je me sentais plutôt porté à mentir dans le sens contraire en m'accusant avec trop de sévérité qu'en m'excusant avec trop d'indulgence, et ma conscience m'assure qu'un jour je serai jugé moins sévèrement que je ne me suis jugé moi-même. Oui, je le dis et le sens avec une fière élévation d'âme, j'ai porté dans cet écrit la bonne foi, la véracité, la franchise aussi loin, plus loin même, au moins je le crois, que ne fit jamais aucun autre homme ; sentant que le bien surpassait le mal j'avais mon intérêt à tout dire, et j'ai tout dit.

Je n'ai jamais dit moins, j'ai dit plus quelquefois, non dans les faits, mais dans les circonstances, et cette espèce de mensonge fut plutôt l'effet du délire de l'imagination qu'un acte de volonté. J'ai tort même de l'appeler mensonge, car aucune de ces additions n'en fut un. J'écrivais mes *Confessions* déjà vieux, et dégoûté des vains plaisirs de la vie que j'avais tous effleurés et dont mon cœur avait bien senti le vide. Je les écrivais de mémoire ; cette mémoire me manquait souvent ou ne me fournissait que des souvenirs imparfaits et j'en remplissais les lacunes par des détails que j'imaginais en supplément de ces souvenirs, mais qui ne leur étaient jamais contraires. J'aimais à m'étendre sur les moments heureux de ma vie, et je les embellissais quelquefois des ornements que de tendres regrets venaient me fournir. Je disais les choses que j'avais oubliées comme il me semblait qu'elles avaient dû être, comme elles avaient été peut-être en effet, jamais au contraire de ce que je me rappelais qu'elles avaient été. Je prêtais quelquefois à la vérité des charmes étrangers, mais jamais je n'ai mis le mensonge à la place pour pallier mes vices ou pour m'arroger des vertus.

Que si quelquefois sans y songer par un mouvement involontaire j'ai caché le côté difforme en me peignant de profil, ces réticences ont été bien compensées par d'autres réticences plus bizarres qui m'ont souvent fait taire le bien plus soigneusement que le mal. Ceci est une singularité de mon naturel qu'il est fort pardonnable aux hommes de ne pas croire, mais qui toute incroyable qu'elle est n'en est pas moins réelle, j'ai souvent dit le mal dans toute sa turpitude, j'ai rarement dit le bien dans tout ce qu'il eut d'aimable, et souvent je l'ai tu tout à fait parce qu'il m'honorait trop, et qu'en faisant mes confessions j'aurais l'air d'avoir fait mon éloge.

III. L'ACCUEIL DES « CONFESSIONS » AU XVIIIe SIÈCLE

« SUSPENSE »

La publication des *Confessions* était attendue et redoutée, notamment du côté des philosophes, et Diderot avait allumé des contre-feux dans son *Essai sur la vie de Sénèque* (1779) puis dans son *Essai sur les règnes de Claude et Néron* (1782) où Rousseau était violemment attaqué : « Ces Mémoires tant attendus intéressaient beaucoup de monde », écrit François Moureau, qui poursuit :

L'*Année littéraire* de Fréron fils se réjouissait qu'on y verrait étriller quelques esprits à la mode : « Que de géants changés en nains ! Ah ! MM. d'A..., Di..., où vous cacher, qu'allez-vous devenir ? » (1778, IV, p. 211). « Bachaumont » remarquait benoîtement le 20 juillet : « M. Diderot est un de ceux qui craignent le plus la publicité des Mémoires de Rousseau » ; les nouvellistes à la main signalaient qu'on attendait l'impression des *Confessions* avec d'autant plus d'impatience que le pouvoir méditait d'en interdire la diffusion. Chez les gazetiers, la confusion était totale ; on soupçonnait même que Rousseau se fût une dernière fois ri de ses contemporains : le manuscrit avait disparu (« Mettra », 9 août). Cette version avait du poids, car elle courait depuis plus d'un an et passait pour la cause essentielle de la retraite de Rousseau à Ermenonville, voire de sa mort.

F. Moureau, « Les inédits de Rousseau et la campagne de presse de 1778 », *Dix-huitième siècle*, nº 12, 1980, p. 421.

PRÉDIFFUSION

Rousseau avait donné plusieurs lectures de son ouvrage pendant l'hiver 1770-1771 et au printemps suivant. Il avait en outre fait lire son manuscrit à quelques personnalités influentes, dont Malesherbes, Duclos, Turgot ; sans doute enfin a-t-il suscité la prédiffusion de son préambule.

Ibid., p. 414.

Les copies de morceaux détachés des *Confessions* qui semblent avoir couru assez largement, peuvent donner une idée de leur mode de diffusion. Dès le 27 juillet 1778, les *Mémoires secrets* annonçaient : « on montre manuscrite la Préface des Mémoires de Rousseau ». Quatre jours après, « Bachaumont », le rédacteur de *L'Espion anglais*, affirmait que « quelques semaines avant sa mort [...], on distribuait la préface de ces Mémoires » ; et, le 2 août, Mme du Deffand en faisait tenir copie à Walpole. [...] Des documents vraisemblables attestent que, lors de lectures faites par Jean-Jacques en 1770-1771, des extraits furent pris par certains auditeurs. [...] Rousseau, de son côté, utilisa le texte introductif des « Mémoires de [sa] vie » un peu à la manière des lettres circulaires qu'il distribuait comme la *Déclaration relative à différentes réimpressions de ses ouvrages* (janvier 1774) ou comme *À tout Français aimant encore la justice et la vérité* (avril 1776). [...] Il n'est donc pas besoin d'expliquer la diffusion du préambule par l'indiscrétion de quelque lecteur ; Rousseau a pu être à l'origine — et assez tôt — de sa publicité.

CAMPAGNE DE PRESSE

En 1778, peu après la mort de Rousseau, le *Journal de Paris* entreprit une campagne de presse en sa faveur, publiant des inédits ainsi que le préambule des *Confessions.*

Ibid., p. 418-419.

La direction du *Journal de Paris* était entre les mains d'hommes que Rousseau estimait et qu'il honorait même de son amitié : Olivier de Corancez, Jean Romilly, son beau-père, et Louis d'Ussieux, tous liés de quelque façon au philosophe genevois et le fréquentant dans les dernières années de son existence. Il est clair que la mort de Rousseau, au terme de bruits contradictoires et parfois diffamatoires sur le contenu et le destin des *Confessions*, engagea ses amis du *Journal de Paris* à défendre sa mémoire [...].

De trois en trois jours, les documents s'accumulaient : le dernier vint, le 30 juillet, sous la figure du préambule. Dans un paragraphe introductif [Corancez] dévoilait d'ailleurs ses intentions : démentir les fausses informations concernant *Les Confessions* et porter témoignage par leur préface des intentions de Rousseau, qui n'étaient certainement pas scandaleuses : « Nous pouvons fixer les incertitudes du public sur l'existence des Mémoires imprimés dont on parle depuis si longtemps et dont on raconte même différentes circonstances. Ces Mémoires ne sont imprimés nulle part : mais nous croyons faire plaisir à nos lecteurs en leur procurant l'écrit qui était destiné à leur servir de préface. » [...] Une semaine après, Dorat envoya aux « Auteurs du Journal » copie de sa lettre à Fanny de Beauharnais [...] : ce récit enflammé d'une lecture des *Confessions* dessinait mieux encore l'image que ce journaliste entendait former de ce que Dorat appelait « la confession d'un Sage ».

LA LETTRE DE DORAT SUR « LES CONFESSIONS »

Claude-Joseph Dorat (1734-1780), écrivain fécond et dispersé, auteur de tragédies, de fables, de romans, d'héroïdes et de vers légers, était intimement lié à la comtesse Fanny de Beauharnais, dont il animait le salon.

Je rentre chez moi, Madame, ivre de plaisir et d'admiration ; je comptais sur une séance de huit heures, elle en a duré quatorze ou quinze ; nous nous séparons à l'instant, sans qu'il y ait eu d'intervalle à la lecture, que ceux du repas [...]. Ce sont les Mémoires de sa vie que Rousseau nous a lus. Quel ouvrage ! Comme il s'y peint et comme on aime à l'y reconnaître ! Il y avoue ses bonnes qualités avec un orgueil bien noble, et ses défauts avec une franchise plus noble encore. Il nous a arraché des larmes par le tableau pathétique de ses malheurs et de ses faiblesses, de la confiance payée d'ingratitude, de tous les orages de son cœur sensible tant de fois blessé par la main caressante de l'hypocrisie, surtout de ces passions si douces qui plaisent encore à l'âme qu'elles rendent infortunée. [...]

L'écrit dont je vous parle est vraiment un chef-d'œuvre de génie, de simplicité, de candeur et de courage. Que de géants changés en nains ! que d'hommes obscurs et vertueux rétablis dans tous leurs droits, et vengés à jamais des méchants par le seul suffrage d'un honnête homme. On n'a pas fait le moindre bien à l'auteur qui ne soit consacré dans son livre ; mais aussi démasque-t-il avec la même vérité tous les charlatans dont le siècle abonde. [...]

Lettre publiée dans le *Journal de Paris*, 9 août 1778 (texte intégral *in* R. Trousson, *Rousseau et sa fortune littéraire*, Nizet, 1977, p. 174).

PUBLICATION : DÉCEPTION ET RÉPROBATION

À la parution de la première partie, le succès de librairie fut considérable (huit mille exemplaires vendus en quelques mois), mais le livre déçut car la première partie ne contenait aucune des révélations fracassantes qu'on attendait ; quant à la réaction des salons, chez Mmes de Boufflers, Geoffrin, Genlis et Lespinasse,

l'ouvrage de ce « valet de basse-cour [...] en tout point lunatique et vicieux » (Mme de Boufflers) fut rejeté avec dégoût ; l'accueil de la critique (Fréron fils, La Harpe, les rédacteurs de la *Correspondance littéraire* et du *Journal encyclopédique*) fut sévère, celui des gens de lettres également ; Bernard Gagnebin résume ainsi leurs griefs :

Premièrement Rousseau s'appesantit indignement sur les niaiseries (le mot revient dans trois articles), les puérilités, les fadaises, les sottises, les extravagances de sa jeunesse. [...] Deuxièmement, Rousseau déclare qu'il écrit un livre unique et se dit le meilleur des hommes. Il y a là aveu d'orgueil et étalage de vanité proprement insupportables. Troisièmement, Rousseau révèle l'inconduite de Mme de Warens alors qu'il aurait dû recouvrir le comportement de sa protectrice du voile de la pudeur. Quatrièmement, Rousseau crée de toutes pièces un prétendu complot ourdi contre lui. Ce reproche, fondé sur la lecture des *Rêveries*, sera renforcé par la lecture de la seconde partie des *Confessions*. Rousseau invente une ligue universelle qui n'a jamais existé. Conclusion : Rousseau est devenu fou, ce qui diminue très largement la valeur de son témoignage.

B. Gagnebin, « L'étrange accueil fait aux *Confessions* de Rousseau au XVIIIe siècle », *AJJR*, t. XXXVIII, Genève, 1969-1971, p. 112.

DEUX ROUSSEAUISTES EN 1788

MME DE STAËL

Mme de Staël le défendra vigoureusement en 1788, avec ses *Lettres sur les ouvrages et le caractère de Jean-Jacques Rousseau* : « Il n'existe point encore d'éloge de Rousseau : j'ai senti le besoin de voir mon admiration exprimée » (préface à la 1re édition).

Il n'a écrit ses *Confessions* qu'après ses autres ouvrages ; il n'a sollicité l'attention des hommes pour lui-même qu'après avoir mérité leur reconnaissance, en leur consacrant pendant vingt ans son génie. J'ai suivi la marche qu'il m'a tracée, et c'est par l'admiration que ses écrits doivent inspirer que je me suis préparée à juger son caractère, souvent calomnié, souvent peut-être trop justement blâmé. [...] Je vais donc essayer de peindre Rousseau ; mais j'en croirai souvent ses *Confessions*. Cet ouvrage n'a pas sans doute le caractère d'élévation qu'on souhaiterait à l'homme qui parle de lui-même [...] ; mais il me semble qu'il est difficile de douter de sa sincérité ; on cache plutôt qu'on n'invente les aveux que *Les Confessions* contiennent. Les événements qui y sont racontés paraissent vrais dans tous les détails. Il y a des circonstances que l'imagination ne saurait créer. [...]

Mme de Staël, *Lettres sur les écrits et le caractère de Rousseau* (1788), VI, in *Œuvres complètes de Madame la Baronne de Staël*, t. I, Treuttel et Würtz, 1820, p. 78-84.

Rousseau n'était pas fou ; mais une faculté de lui-même, l'imagination, était en démence ; il avait une grande puissance de raison sur les matières abstraites, sur les objets qui n'ont de réalité que dans la pensée, et une extravagance absolue sur tout ce qui tient à la connaissance du monde ; il avait de tout une trop grande dose ; à force d'être supérieur, il était près d'être fou [...]. Il était bon ; les inférieurs l'adoraient ; ce sont eux qui jouissent surtout de cette qualité ; mais Paris l'avait troublé. Il était né pour la société de la nature, et non pour celle d'institution [...] ; c'était un sauvage des bords de l'Orénoque, qui se fût trouvé heureux de passer sa vie à regarder couler l'eau. [...]

LOUIS-SÉBASTIEN MERCIER

La même année, dans une brillante introduction à son édition des *Œuvres complètes de J.-J. Rousseau*, L.-S. Mercier essaie de penser Rousseau dialectiquement :

C'est en indiquant la marche de son esprit dans ses différentes productions, c'est en étudiant son âme dans les époques diverses de sa vie, que nous pourrons nous vanter peut-être, d'avoir découvert le secret de sa composition aussi neuve qu'enchanteresse. [...]

Nous le répétons : Rousseau n'est pas moins singulier par son caractère, que par ses ouvrages ; ce caractère mixte, et jusqu'alors inconnu, échappe au pinceau le plus exercé et le plus fin : c'est l'assemblage étrange de toutes les passions portées à l'extrême, quoique balancées les unes par les autres [...].

L.-S. Mercier, introduction aux *Œuvres complètes de J.-J. Rousseau, nouvelle édition classée par ordre de matières...*, Poinçot, 1788, p. 25.

C'est donc au nom de l'unité de l'homme et de sa pensée qu'il réclame instamment la publication de la seconde partie :

Maintenant disons aux inconséquents recéleurs de la seconde partie des *Confessions*, qu'ils devaient, ou tout ensevelir, ou tout publier ; une *confession* doit être pleine, elle doit être entière, parce que la réunion de la totalité des faits répand du jour sur chacun d'eux en particulier, dissipe les soupçons, et détermine le caractère. [...] De lâches considérations pour quelques intérêts individuels, peut-être la crainte méprisable d'offenser quelques hommes intéressés à tenir le voile sur leurs iniquités particulières, doivent-elles priver le public d'un ouvrage qui doit faire son instruction et fixer ses jugements ?

Ibid., p. 26.

ACCUEIL À L'ÉTRANGER

L'ANGLETERRE

Les Confessions **furent mal accueillies par la critique, d'autant que la *Monthly Review* avait publié depuis quatre ans le fameux préambule, dans une version qui en accentuait l'enflure.**

Mais les connaisseurs ne sont qu'une petite élite en dehors de laquelle *Les Confessions* sont à peu près ignorées. Le livre n'a pas, loin de là, la diffusion que connaissent encore l'*Émile* ou l'*Héloïse*. Si bien que pour le grand public, Rousseau reste essentiellement l'auteur de ces deux chefs-d'œuvre. [...] C'est seulement lorsque Rousseau aura été adopté par les révolutionnaires français que Burke, exploitant les accusations de Hume et de Walpole, tirera la leçon des scandaleuses *Confessions*. La « philosophie de la Vanité » qui s'étale dans le préambule des *Confessions* sera jugé à ses fruits — à savoir le bouleversement politique et social de la nation française. C'est alors que le livre sera dénoncé comme un Évangile des Ténèbres.

J. Voisine, *J.-J. Rousseau en Angleterre à l'époque romantique*, Didier, 1956, p. 117.

L'ALLEMAGNE

Les plus grands (Goethe, Kant, Schiller, etc.) le considéraient déjà comme un maître, et ses Mémoires étaient attendus avec ferveur : « Trente ans après la publication fracassante des six premiers livres des *Confessions* [...] l'on constate que l'intérêt qu'ont suscité ses écrits autobiographiques n'a finalement que peu faibli[1]. »

Goethe : lettre à Charlotte, 9 juillet 1784

Qu'il est merveilleux et agréable d'avoir la révélation de l'âme d'un disparu et d'en connaître sincèrement les profondeurs intimes.

In J. Mounier, *op. cit.*, p. 42.

Hoffmann : « Je le dévorai »

Dans *Les Contemplations du chat Murr* (1819), le maître de chapelle Kreisler (double de l'auteur) évoque sa rencontre avec *Les Confessions* dans son enfance, comme la source de sa vocation musicale.

1. J. Mounier, *La fortune des écrits de J.-J. Rousseau dans les pays de langue allemande*, PUF, 1980, p. 130.

Mon oncle avait une assez belle bibliothèque dans laquelle il m'avait permis de m'établir et de lire tout ce qui me tombait sous la main. Un des premiers livres qui s'offrit à moi, fut *Les Confessions* de Jean-Jacques Rousseau. Je le dévorai quoiqu'il ne semble pas avoir été composé pour un jeune homme de douze ans, et que cette lecture pût jeter dans mon âme le germe de plus d'un vice. Mais un seul des événements de cette vie agitée occupa mon attention, et me fit négliger tout le reste. Je fus frappé comme par l'étincelle électrique, en lisant que Rousseau, sans la moindre connaissance d'harmonie, du contrepoint, et de tous les moyens pratiques, mais poussé d'une manière irrésistible par le génie de la musique, et bien décidé à composer un opéra, se coucha sur son lit, tira les rideaux, et sentit, pour ainsi dire, sa composition se développer d'elle-même, comme un rêve délicieux ! — Cette circonstance qui me semblait l'époque la plus heureuse de la vie de Rousseau, me poursuivait nuit et jour et sans relâche [...].

Hoffmann, *Le Chat Murr*, Gallimard, coll. « L'imaginaire », n° 54, p. 102-103.

Hölderlin : ode à Rousseau

Hölderlin, comme ses condisciples du Stift à Tübingen (Hegel, Sinclair et Schelling notamment), a profondément subi l'influence de Rousseau, qu'il évoque en 1789 dans l'ode *Au repos*, en 1799 dans *Rousseau* (ode inachevée), et en 1801 dans *Le Rhin*.

Notre journée humaine, ah ! que ses bornes sont étroites !
Tu vis, tu vois, tu t'étonnes, — le soir est là.
Dors maintenant aux lointains infinis où les années
Des nations passent et disparaissent.

Et maint homme domine du regard son propre temps,

Hölderlin, *Œuvres*, Gallimard, Bibliothèque de la Pléiade, 1967, p. 773-774.

Un Dieu lui montre le vierge espace, mais toi, plein de désir,
Tu restes sur la rive, un scandale à tes proches, une
Ombre, et tu n'as pas d'amour pour eux.

Ceux que tu nommes de leur nom, — ces nouvelles présences
Promises — où sont-ils donc, pour qu'une main d'ami
Te réchauffe, où s'approchent-ils, ô toi qui parles solitaire
Pour qu'une fois enfin tu sois compris !

Seul un morne silence autour de toi, pauvre homme,
Pareil aux morts sans sépulture,
Ta marche errante, et tu cherches le repos et personne
Ne te sait dire *ton* chemin.

[...]
Tu as vécu — Oui, ton visage aussi,
Le soleil lointain l'illumine de sa joie,
Et des rayons jaillis d'une ère plus belle
Sont venus messagers, jusqu'à ton cœur.

Tu les as entendus, tu as compris leur langue inconnue,
Lu dans leur âme ! À l'homme de profond désir, un signe
A suffi, et les signes furent
Depuis l'aube des temps, le langage des dieux.

Et cet homme, ô miracle, comme s'il avait en esprit déjà,
Dès l'origine, en son devenir total et tous ses actes,
Épousé la démarche de la vie,

Au premier signe, il sait les choses qui s'accom-
plissent
Et comme l'aigle au devant des orages, d'un vol
Téméraire, au-devant de ses dieux son esprit
plane
Annonciateur de leur venue.

IV. ÉCHOS LITTÉRAIRES JUSQU'EN 1850

Au total, on compte une trentaine d'éditions des *Confessions* au XIXe siècle, dont une dizaine paraissent entre 1818 et 1850 (auxquelles s'ajoutent les vingt-deux éditions d'œuvres complètes parues sous la Restauration), mais la personnalité de Rousseau est toujours matière à controverse : en 1812, la publication de la *Correspondance littéraire* de Grimm redonne actualité aux jugements hostiles du parti philosophique ; en 1818, sort un *Nouveau supplément au Cours de littérature* de La Harpe contenant une réfutation des *Lettres* de Ginguené sur *Les Confessions ;* la même année, paraissent les *Mémoires* de Mme d'Épinay destinés, selon leur éditeur, à servir « d'éclaircissement et de correctif aux *Confessions* » : tout ce qui y concerne « René » (c'est-à-dire Rousseau), déjà orienté dans un sens hostile par Mme d'Épinay, est encore aggravé par les manipulations de l'éditeur sur le manuscrit, qui dessinent le portrait d'un être fondamentalement faux ; l'ouvrage eut un succès considérable (trois éditions en trois mois). Cependant, les défenseurs de Rousseau ne restaient pas inactifs : c'est aussi en 1818 que paraît l'*Essai sur Jean-Jacques Rousseau* de Bernardin de Saint-Pierre, son célèbre disciple, qui a consigné ses gestes familiers et ses dernières paroles ; en 1820, Aimé Martin publie un *Essai sur la vie et sur les ouvrages de Bernardin de Saint-Pierre* contenant un long parallèle avec Rousseau qui « fixa et pour longtemps parfois », écrit Jean Roussel, les idées à son sujet. En 1821 enfin, l'érudit Musset-Pathay publie l'*Histoire de la vie et des ouvrages de J.-J. Rousseau*, qui réfute le témoignage des *Mémoires* de Mme d'Épinay à partir de la correspondance de Rousseau : « Les lettres de Jean-Jacques ont avec ses Mémoires une liaison intime. Elles en sont en quelque

sorte et le complément et la preuve. » Encore réédité en 1827, l'ouvrage fut un succès[1]. Malgré tout, écrit Raymond Trousson, « *Les Confessions* restent le plus souvent un témoignage accablant versé au dossier de l'accusation » par les écrivains de la Restauration : Bonald, Chateaubriand (malgré tout ce qu'il lui doit), Lamennais[2]. On s'accorde néanmoins à reconnaître leurs qualités littéraires, vigoureusement saluées par quelques grandes voix : Mme de Staël y voit ainsi un « tour de force » et Sainte-Beuve y trouve pour la langue française « la plus grande révolution depuis Pascal, une révolution de laquelle, nous autres du XIXe siècle, nous datons » ; quant aux nombreuses autobiographies qui suivront *Les Confessions*, c'est toujours par rapport à elles, y compris pour s'en démarquer, qu'elles se définiront.

Mme de Staël : « un tour de force »

Mme de Staël, *Lettres sur les écrits et le caractère de Rousseau*, *op. cit.*, p. 79 et 90.

[...] je trouve qu'il a écrit ses Mémoires plutôt pour briller comme historien que comme héros de l'histoire. Il s'est plus occupé du portrait que de la figure ; il s'est observé ; il s'est peint comme s'il se fût servi de modèle à lui-même : je suis sûre que son premier désir était de faire ressemblant. [...]

Il y a des traits dans ses *Confessions* qui révoltent les âmes nobles ; il en est dont il inspire l'horreur lui-même, par les couleurs odieuses dont son repentir les charge [...]. Il est extraordinaire que Rousseau raconte les fautes en tous genres qu'il a commises : mais ce n'est pas seulement par franchise, c'est quelquefois, je pense, un tour de force qu'il entreprend ; il ressemble à ces bons écrivains qui essaient de faire passer un mot ignoble dans la langue.

1. Cf. J. Roussel, *J.-J. Rousseau en France après la Révolution (1795-1830)*, A. Colin, 1972, p. 468-488.

2. *Les Confessions, Présentation*, Imprimerie nationale, 1995, p. 77.

Mme d'Épinay : « cet homme n'est pas vrai »

Mme de Montbrillant (Mme d'Épinay) écrit à Volx (Grimm) à propos de René (Rousseau) ; on est à l'époque de l'ermitage et de la passion pour la comtesse d'Houdetot.

J'ai été hier deux heures seule avec René, et aujourd'hui autant. Il ne m'a rien dit au-delà de la pluie et du beau temps. La réserve que je suis obligée d'avoir avec lui me gêne. Ce que vous m'avez dit me l'a fait examiner de plus près. Je ne sais si c'est prévention, ou si je le vois mieux que je ne le voyais, mais cet homme n'est pas vrai. Lorsqu'il ouvre la bouche, et qu'il en sort un propos dont je ne puis me dissimuler la fausseté, il se répand en moi un certain froid que je ne saurais bien rendre, mais qui me coupe la parole si décidément qu'on me tuerait plutôt que de me faire trouver deux mots à dire. Il y a sûrement quelque cause étrangère à sa conduite, que je ne connais pas, et qui lui donne à mes yeux cet air faux, tandis qu'il ne l'est peut-être pas. S'il l'était, et que j'en fusse sûre, alors l'indignation s'emparerait de moi et je serais plus à mon aise. Je ne sais trop si je lui ferais tort de dire qu'il est plus flatté de soutenir des thèses bizarres que peiné de l'alarme que peuvent jeter dans le cœur de ceux qui les écoutent des sophismes si adroitement défendus.

Mme d'Épinay, *Les Contre-Confessions. Histoire de Madame de Montbrillant* (texte publié en 1818 sous le titre : *Mémoires de Mme d'Épinay*), Mercure de France, 1989, p. 1146.

Sainte-Beuve : « le premier qui ait mis du vert *dans notre littérature »*

En s'emparant de cette langue qu'il lui avait fallu conquérir et maîtriser, il la força un peu, il la marqua d'un pli qu'elle devait garder désormais ; mais il lui rendit plus qu'il ne lui faisait perdre, et, à bien des égards, il la retrempa et la régénéra. Depuis Jean-Jacques, c'est dans la forme de langage établie et créée par lui que nos plus grands écrivains ont jeté leurs propres innovations et qu'ils ont tenté de renchérir. [...]

Sainte-Beuve, *Causeries du lundi*, t. III, 4 novembre 1850, « *Les Confessions* de J.-J. Rousseau », Paris, Garnier, p. 79.

Plus loin, Sainte-Beuve cite le récit des lectures avec le père : « [...] Quelquefois mon père, entendant le matin les hirondelles, disait tout honteux : *Allons nous coucher, je suis plus enfant que toi.* »

Notez bien cette hirondelle ; c'est la première qui annonce un nouveau printemps de la langue ; on ne commence à la voir paraître que chez Rousseau. C'est de lui que date chez nous, au XVIIIe siècle, le sentiment de la nature. C'est de lui aussi que date dans notre littérature le sentiment de la vie domestique, de cette vie bourgeoise, pauvre, recueillie, intime, où s'accumulent tant de trésors vertueux et doux. À travers quelques détails de mauvais ton où il parle de volerie et de *mangeaille*, comme on lui pardonne en faveur de cette vieille chanson d'enfance dont il ne sait plus que l'air avec quelques paroles décousues, mais qu'il voudrait ressaisir toujours, et qu'il ne se rappelle jamais, tout vieux qu'il est, sans un charme attendrissant.

Ibid., p. 82.

Il cite ensuite l'épisode de l'air de Tircis : « C'est un caprice auquel je ne comprends rien. »

Voilà le nouveau dans l'auteur des *Confessions*, voilà ce qui nous ravit, en nous ouvrant une source imprévue de sensibilité intime et domestique [...]. Il faut être bourgeois, et de province, et homme nouveau comme Rousseau, pour se montrer ainsi sujet aux affections du dedans de la nature.

Ibid., p. 83.

Gérard de Nerval : la légende

Le narrateur et son compagnon font le pèlerinage d'Ermenonville.

La tombe de Rousseau est restée telle qu'elle était, avec sa forme antique et simple, et les peupliers, effeuillés, accompagnent encore d'une manière pittoresque le monument, qui se reflète dans les

Nerval, *Angélique* (1854), in *Œuvres complètes*, t. III, Gallimard, Bibliothèque de la Pléiade, p. 525.

eaux dormantes de l'étang. Seulement la barque qui y conduisait les visiteurs est aujourd'hui submergée [...].

Revenus au château, ils parcourent les bords du lac, apercevant la fameuse tour de Gabrielle d'Estrées, amante d'Henri IV :

Un paysan qui nous accompagnait nous dit : « Voici la tour où était enfermée la belle Gabrielle [...] tous les soirs Rousseau venait pincer de la guitare sous sa fenêtre, et le roi, qui était jaloux, le guettait souvent, et a fini par le faire mourir. »

Ibid., p. 526.

Voilà pourtant comment se forment les légendes. Dans quelques centaines d'années, on croira cela. — Henri IV, Gabrielle et Rousseau sont les grands souvenirs du pays. On a confondu déjà, — à deux cents ans d'intervalle, — les deux souvenirs, et Rousseau devient peu à peu le contemporain d'Henri IV. Comme la population l'aime, elle suppose que le roi a été jaloux de lui, et trahi par sa maîtresse — en faveur de l'homme sympathique aux races souffrantes. Le sentiment qui dicte cette pensée est peut-être plus vrai qu'on ne croit. Rousseau qui a refusé cent louis de madame de Pompadour, a ruiné profondément l'édifice royal fondé par Henri. Tout a croulé. — Son image immortelle demeure debout sur les ruines. [...]

V. RESSOUVENIR ET RÉMINISCENCE JUSQU'À ROUSSEAU

L'un des traits novateurs de l'écriture de Rousseau dans *Les Confessions,* est d'y avoir mis le ressouvenir et la réminiscence aux commandes de la narration ; mais l'originalité de son expérience apparaît encore mieux si on la compare à ce que la littérature, la philosophie et la pensée religieuse, jusqu'à lui, avaient déjà connu de la mémoire spontanée.

EN LITTÉRATURE

Chrétien de Troyes : réminiscence de Blanchefleur

Un matin d'hiver, Perceval s'absorbe dans la contemplation de trois gouttes de sang sur la neige, laissées par une oie sauvage blessée :

[...] Quand il vit la neige tassée à l'endroit et le sang tout autour, il s'appuya sur sa lance pour regarder cette apparence étrange : le sang et la neige ainsi rapprochés lui rappellent les vives couleurs de Blanchefleur son amie. Il y pense si volontiers qu'il oublie où il est. Comme en la face de son amie le vermeil ressortait sur le blanc, ainsi les trois gouttes de sang se détachent sur la blancheur de la neige. Et l'idée lui plaît tant qu'à force de la regarder, il croit bien vraiment contempler le teint si frais de son amie la belle.

Chrétien de Troyes, *Perceval le Gallois* (XIIe siècle), VII, trad. L. Foulet., in *La légende arthurienne,* R. Laffont, coll. Bouquins, 1989, p. 55.

Guilleragues : la scène du balcon

Pour distraire la religieuse, on l'a menée contempler la ville depuis un balcon (elle écrit à celui qui la délaisse).

[...] je fus aussitôt frappée d'un souvenir cruel, qui me fit pleurer tout le reste du jour [...] je vous ai vu souvent passer en ce lieu avec cet air qui me charmait, et j'étais sur ce balcon le jour fatal que je commençai à sentir les premiers effets de ma passion malheureuse [...].

Lettres de la religieuse portugaise, Gallimard, Folio, 1990, p. 93.

Mme de Sévigné : « tout me parle de vous »

C'est à sa fille qui l'a quittée récemment qu'elle écrit.

Mais, mon Dieu, où ne vous ai-je point vue ici ? Et de quelle façon toutes ces pensées me traversent-elles le cœur ? Il n'y a point d'endroit, point de lieu, ni dans la maison, ni dans l'église, ni dans ce pays, ni dans ce jardin, où je ne vous aime ; il n'y en a point qui ne me fasse souvenir de quelque chose ; et de quelque façon que ce soit aussi cela me perce le cœur.

À Mme de Grignan, À Livry, 24 mars 1671, *Lettres choisies*, Gallimard, Folio, 1988, p. 43.

Mme de La Fayette : signes mémoratifs de M. de Nemours

M. de Nemours, caché dans le jardin de Coulommiers, contemple Mme de Clèves, seule à la nuit dans un cabinet :

Elle était sur un lit de repos, avec une table devant elle, où il y avait plusieurs corbeilles pleines de rubans, elle en choisit quelques-uns, et M. de Nemours remarqua que c'étaient les mêmes couleurs qu'il avait portées au tournoi. Il vit qu'elle en faisait des nœuds à une canne des Indes, fort extraordinaire, qu'il avait portée quelque temps, et qu'il avait donnée à sa sœur, à qui Mme de Clèves l'avait prise [...]. Après qu'elle eut achevé son ouvrage avec une grâce et une douceur que répandaient sur son visage les sentiments qu'elle avait dans le cœur, elle prit un flambeau et s'en alla, proche d'une grande table, vis-à-vis du tableau du siège de Metz, où était le portrait de M. de

Mme de La Fayette, *La Princesse de Clèves* (1678), Gallimard, Folio, 1972, p. 281.

Nemours, elle s'assit et se mit à regarder ce portrait avec une attention et une rêverie que la passion seule peut donner.

EN PHILOSOPHIE

Psychophysiologie des « traces » chez Malebranche, associations d'idées inconscientes chez Locke, hypermnésie du souvenir affectif chez Condillac, « petites perceptions » de Leibniz, « mémoire immense » de Diderot : les penseurs du XVIIIe siècle ont largement exploré la dimension involontaire et affective de la mémoire.

Malebranche : « ces traces de nos premiers jours »

Malebranche, *Recherche de la vérité*, livre II, Ire partie, chap. VIII, Gallimard, Bibliothèque de la Pléiade, 1979, p. 193-194.

Si les hommes faisaient de fortes réflexions sur ce qui se passe au dedans d'eux-mêmes et sur leurs propres pensées [...], ils reconnaîtraient ordinairement en eux-mêmes des inclinations secrètes, que les autres n'ont pas, desquelles il semble qu'on ne puisse donner d'autre cause, que ces traces de nos premiers jours. Car puisque les causes de ces inclinations et aversions [...] nous sont inconnues, il faut qu'elles aient agi en un temps où notre mémoire n'était pas encore capable de retenir les circonstances des choses qui auraient pu nous en faire souvenir : et ce temps ne peut être que celui de notre plus tendre enfance.

Descartes a écrit dans une de ses lettres, qu'il avait une amitié particulière pour toutes les personnes louches[1] ; et qu'en ayant recherché la cause avec soin, il avait enfin reconnu que ce défaut se rencontrait en une jeune fille qu'il aimait, lorsqu'il était encore enfant ; l'affection qu'il avait pour elle se répandant à toutes les personnes qui lui ressemblaient en quelque chose.

1. Cf. Descartes, À Chanut, 6 juin 1647, *AT*, t. V, p. 57.

Locke : « cette irrégulière liaison des idées »

[...] si l'on observait exactement la plupart (des sympathies et antipathies) qui passent pour naturelles, on reconnaîtrait qu'elles ont été causées au commencement par des impressions dont on ne s'est point aperçu, quoiqu'elles aient peut-être commencé de fort bonne heure [...]. Un homme fait qui a été incommodé pour avoir mangé du miel, n'entend pas plus tôt ce mot, que son imagination lui cause des soulèvements de cœur. Il n'en saurait supporter la seule idée. [...] Mais il sait à quel temps il doit rapporter le commencement de cette faiblesse ; et comment cette indisposition lui est venue. Que si cela lui fût arrivé pour avoir mangé une trop grande quantité de miel, lorsqu'il était enfant, tous les mêmes effets s'en seraient ensuivis, mais on se serait mépris sur la cause de cet accident qu'on aurait regardé comme une antipathie naturelle.

[...] J'ai fait cette remarque [...] afin que ceux qui ont des enfants, ou qui sont chargés de leur éducation, voient par là que c'est une chose bien digne de leurs soins d'observer avec attention et de prévenir soigneusement cette irrégulière liaison d'idées dans l'esprit des jeunes gens. C'est le temps le plus susceptible des impressions durables.

Locke, *Essai philosophique concernant l'entendement humain*, livre II, chap. XXXIII, « De l'association des idées », § 7-12, trad. P. Coste, rééd. Vrin, 1972.

Condillac : deux degrés de la mémoire

Ainsi il y a dans l'action de cette faculté deux degrés que nous pouvons fixer : le plus faible est celui où elle fait à peine jouir du passé : le plus vif est celui où elle en fait jouir comme s'il était présent.

Or, si elle conserve le nom de *mémoire*, lorsqu'elle ne rappelle les choses que comme passées ; et elle prend le nom d'*imagination*, lorsqu'elle les retrace avec tant de force qu'elles paraissent présentes [...] ; et ces deux facultés ne diffèrent que du plus ou moins. La mémoire est le commen-

Condillac, *Traité des sensations*, Ire partie, chap. II, Fayard, 1984, p. 29.

cement d'une imagination qui n'a encore que peu de force ; l'imagination est la mémoire même, parvenue à toute la vivacité dont elle est susceptible.

Leibniz : les perceptions inconscientes

Leibniz, *Nouveaux essais sur l'entendement humain* (1703, Ire éd. 1765), GF-Flammarion, 1990, p. 42-43.

Ces petites perceptions sont donc de plus grande efficace qu'on ne pense. Ce sont elles qui forment ce je ne sais quoi, ces goûts, ces images des qualités des sens, claires dans l'assemblage, mais confuses dans les parties, ces impressions que les corps environnants font sur nous et qui enveloppent l'infini, cette liaison que chaque être a avec tout le reste de l'univers. On peut même dire qu'en conséquence de ces petites perceptions le présent est plein de l'avenir et chargé de passé, que tout est conspirant [...] et que dans la moindre des substances, des yeux aussi perçants que ceux de Dieu pourraient lire toute la suite de l'univers.

Diderot : « tout cela existe en nous à notre insu »

Diderot, *Éléments de physiologie*, in *Œuvres complètes, t. IX, Garnier, 1875, p. 366-367.*

Je suis porté à croire que tout ce que nous avons vu, connu, aperçu, entendu ; jusqu'aux arbres d'une longue forêt, que dis-je ? jusqu'à la disposition des branches, à la forme des feuilles et à la variété des couleurs, des verts et des lumières : jusqu'à l'aspect des grains de sable du rivage de la mer, aux inégalités de la surface des flots soit agités par un souffle léger, soit écumeux et soulevés par les vents de la tempête ; jusqu'à la multitude des voix humaines, des cris d'animaux et des bruits physiques, à la mélodie et à l'harmonie de tous les airs, de toutes les pièces de musique, de tous les concerts que nous avons entendus, tout cela existe en nous à notre insu. [...]

Ainsi la mémoire immense, c'est la liaison de tout ce qu'on a été dans un instant à tout ce qu'on a été dans le moment suivant ; états qui, liés par l'acte de vie, rappelleront à un homme tout ce qu'il a senti toute sa vie.

« Tu ne me chercherais pas si tu ne m'avais pas déjà trouvé » : depuis saint Augustin, la spiritualité chrétienne est à l'écoute d'une voix secrète « plus intérieure à moi que moi-même », qui rappelle aux âmes leur vocation première. Les *Lettres morales* de Rousseau s'inscrivent indéniablement dans ce champ.

Saint François de Sales : « comme une étincelle qui sort d'entre les cendres »

Saint François de Sales, *Traité de l'amour de Dieu* (1616), livre I, chap. XVI, in *Œuvres*, Gallimard, Bibliothèque de la Pléiade, 1969, p. 399-400 (je souligne).

[...] le perdreau qui aura été éclos et nourri sous les ailes d'une perdrix étrangère, au premier réclame qu'il oit de sa vraie mère [...] il quitte la perdrix larronnesse, se rend à sa première mère et se met à sa suite, *par la correspondance qu'il a avec sa première origine ; correspondance qui ne paraissait point, ains fût demeurée secrète, cachée et comme dormante au fond de la nature, jusques à la rencontre de son objet*, que soudain excitée et comme réveillée, elle fait son coup, et pousse l'appétit du perdreau à son premier devoir. Il en est de même, Théotime, de notre cœur ; car quoiqu'il soit couvé, nourri et élevé emmi les choses corporelles, basses et transitoires, et, par manière de dire, sous les ailes de la nature, néanmoins, au premier regard qu'il jette en Dieu, *à la première connaissance qu'il en reçoit, la naturelle et première inclination d'aimer Dieu, qui était comme assoupie et imperceptible, se réveille en un instant, et à l'improuvu paraît*, comme une étincelle qui sort d'entre les cendres, laquelle touchant notre volonté lui donne un élan de l'amour suprême dû au souverain et premier Principe de toutes choses.

Fénelon : la parole intérieure

Fénelon, *De la parole intérieure*, in *Œuvres*, t. I, Gallimard, Bibliothèque de la Pléiade, 1983, p. 590.

[...] On ne compte point assez sur le docteur intérieur, qui est le Saint-Esprit, et qui fait tout en nous. Il est l'âme de notre âme [...]. Nous comptons comme si nous étions seuls dans ce sanctuaire intérieur ; et tout au contraire, Dieu y est plus intimement que nous n'y sommes nous-mêmes.

[...] Il faut se faire taire soi-même, pour écouter dans ce profond silence de toute l'âme cette voix ineffable de l'époux. Il faut prêter l'oreille car c'est une voix douce et délicate, qui n'est entendue que de ceux qui n'entendent plus tout le reste.

Rousseau : l'instinct divin

Dans les *Lettres morales* écrites en 1757-1758 pour Sophie d'Houdetot à la fin de leur liaison, on trouve déjà le thème de la consolation par les retours du passé qui reparaîtra à l'ouverture du livre VI des *Confessions* ; c'est comme un véritable « exercice spirituel » que Rousseau présente ici l'expérience du ressouvenir. (À cette époque, il médite la *Profession de foi du Vicaire savoyard*.)

Lettres morales, IV, *OC IV*, p. 1101-1103 (je souligne).

N'avez-vous jamais éprouvé *ces transports involontaires qui saisissent quelquefois une âme sensible à la contemplation du beau moral et de l'ordre intellectuel des choses* [...] ?

Ce principe dont je vous parle ne me sert pas seulement à diriger mes actions présentes sur la règle qu'il me prescrit, mais encore à faire une juste estimation de ma conduite passée, la blâmant souvent quoique bonne en apparence, l'approuvant quelquefois quoique condamnée des hommes, et *ne me rappelant les événements de ma jeunesse que comme une mémoire locale des diverses affections qu'ils ont occasionnées en moi.*

À mesure que j'avance vers le terme de ma carrière [...], je perds peu à peu la vue et l'attente d'un avenir qui n'a plus de quoi me flatter. Les désirs s'éteignent avec l'espérance, mon existence n'est plus que dans ma vie passée[1] [...].

1. C'est déjà la formule du livre VI des *Confessions* : « Je ne vois plus rien dans l'avenir qui me tente ; les seuls retours du passé peuvent me flatter » (p. 289).

Dans cet état il est naturel que j'aime à tourner les yeux sur ce passé duquel je tiens désormais tout mon être, c'est alors que mes erreurs se corrigent et que le bien et le mal se font sentir à moi sans mélange et sans préjugés.

Tous les faux jugements que les passions m'ont fait faire s'évanouissement avec elles. Je vois les objets qui m'ont le plus affecté, non tels qu'ils m'ont paru durant mon délire, mais tels qu'ils sont réellement. *Le souvenir de mes actions bonnes ou mauvaises me fait un bien-être ou un mal-être durable plus réel que celui qui en fut l'objet.*

Rousseau : la retraite intérieure

Transposant la Ire Épître aux Corinthiens : « Nous ne voyons maintenant que comme en un miroir, et en des énigmes ; mais alors nous verrons Dieu face à face[1] », Rousseau enseigne à réveiller la mémoire de la nature dans l'âme assoupie :

Lettres morales, VI, *op. cit.*, p. 1111-1115.

[...] Le jour nous éclaire, et le miroir est devant nous ; mais pour le voir il faut jeter les yeux et le moyen de les y fixer est d'écarter les objets qui nous en détournent. Recueillez-vous, cherchez la solitude, voilà d'abord tout le secret [...]. Je ne vous dis [...] point : quittez la société ; je ne vous dis pas même : renoncez à votre dissipation et aux vains plaisirs du monde. Mais je vous dis : apprenez à être seule sans ennui. Vous n'entendrez jamais la voix de la nature, vous ne vous connaîtrez jamais sans cela.

[...] Comme on réchauffe une partie engourdie avec des frictions légères, l'âme amortie dans une longue inaction se ranime à la douce chaleur d'un mouvement modéré, il faut l'émouvoir par des sou-

1. Cor. I, chap. XIII, 12 (trad. Lemaître de Sacy).

venirs agréables qui ne se rapportent qu'à elle, il faut lui rappeler les actions qui l'ont flattée, non par l'entremise des sens mais par un sentiment propre et par des plaisirs intellectuels.

VI. RÉMINISCENCE ET MÉMOIRE AFFECTIVE APRÈS ROUSSEAU

Dès Mme de Staël, on constate que la scène de la pervenche a profondément marqué les lecteurs de Rousseau, comme emblématique d'une nouvelle sensibilité dont les textes qui suivent voudraient donner une idée. Mais son expérience a également suscité des réflexions contrastées parmi les psychologues, comme en témoignent, aux deux extrémités du siècle, Maine de Biran et un disciple de Ribot.

Mme de Staël : la pervenche

Voici le premier écho littéraire à « ces pervenches si chères à Rousseau » qu'évoquera plus tard Nerval dans *Sylvie*.

Mme de Staël, *Lettres sur les écrits et le caractère de Rousseau* (1788), *Lettre V, op. cit.*, p. 77-78.

[...] l'imagination poétique et sauvage de Rousseau ne pouvait supporter de lier à l'image d'un arbuste ou d'une fleur, ornements de la nature, le souvenir des maux et des infirmités des hommes. Avec quel charme il peint, dans ses *Confessions*, ses transports en revoyant la pervenche ; comme elle lui retraçait tout ce qu'il avait éprouvé jadis ! elle produisait sur lui l'effet de cet air que l'on défend de jouer aux Suisses hors de leur pays, de crainte qu'ils ne désertent. Cette pervenche pouvait lui inspirer la passion de retourner dans le pays de Vaud ; une seule circonstance semblable lui rendait présents tous ses souvenirs. Sa maîtresse, sa patrie, sa jeunesse, ses amours il retrouvait tout, il ressentait tout à la fois.

Ramond de Carbonnières : l'odeur d'une violette

Les écrits de Ramond de Carbonnières (1755-1827) annoncent la sensibilité romantique. Revenant d'une

course estivale à Gavarnie, le narrateur médite sur les impressions que lui procurent les parfums du crépuscule :

[...] je cherchais à me rendre compte de la part que mon âme avait dans la sensation douce et voluptueuse que j'éprouvais. Il y a je ne sais quoi dans les parfums qui réveille puissamment le souvenir du passé. Rien ne rappelle à ce point, des lieux chéris, des situations regrettées, de ces minutes dont le passage laisse d'aussi profondes traces dans le cœur, qu'elles en laissent peu dans la mémoire. L'odeur d'une violette rend à l'âme les jouissances de plusieurs printemps.

R. de Carbonnières, *Observations faites dans les Pyrénées* (1789), chap. v, p. 73, *in* André Monglond, *Ramond, Voyage dans les Pyrénées*, Lyon, 1927.

Senancour : « ces liens du temps »

À la contemplation de certaines fleurs très simples, une mémoire immémoriale s'éveille chez le narrateur d'*Obermann* :

Il est des fleurs silencieuses en quelque sorte, et à peu près dénuées d'odeur, mais qui, par leur attitude assez durable, m'attachent à un point que je ne saurais dire. Les souvenirs qu'elles suscitent ramènent fortement au passé, comme si ces liens du temps annonçaient des jours heureux. Ces fleurs simples, ce sont le barbeau des champs et la hâtive pâquerette, la marguerite des prés.

Senancour, *Obermann* (1804), *Dernière lettre*, Gallimard, Folio, 1984, p. 467-468.

Chateaubriand : « ce parfum non respiré de la beauté »

Ce passage était considéré par Proust comme l'une des plus belles phrases de Chateaubriand :

Une odeur fine et suave d'héliotrope s'exhalait d'un petit carré de fèves en fleurs ; elle ne nous était point apportée par une brise de la patrie, mais par un vent sauvage de Terre-Neuve, sans relation avec la plante exilée, sans sympathie de réminiscence et de volupté. Dans ce parfum non respiré de la

Chateaubriand, *Mémoires d'outre-tombe* (1848), Gallimard, Bibliothèque de la Pléiade, t. I, 1951, p. 211.

beauté, non épuré dans son sein, non répandu sur ses traces, dans ce parfum changé d'aurore, de culture et de monde, il y avait toutes les mélancolies des regrets, de l'absence et de la jeunesse.

Maine de Biran : réminiscence et fatum *physique*

Maine de Biran (1766-1824) soutient que les souvenirs affectifs sont des illusions de la conscience provoquées par le fonctionnement de l'organisme.

Maine de Biran, *Nouvelles considérations* (1820, Ire éd. V. Cousin, 1834), in *Œuvres de Maine de Biran*, éd. P. Tisserand, t. XII, PUF, 1949, p. 218, 220, 223.

Dire qu'il y a souvenir, réminiscence d'une sensation répétée dans deux temps différents, c'est dire d'abord qu'il y a eu perception ou conscience du moi dans la première modification ; dire de ce moi qu'il se reconnaît identique à lui-même dans deux temps différents, c'est supposer dans la sensation organique des éléments intellectuels qui n'ont certainement rien d'analogue aux phénomènes de l'organisme et de l'animalité. [...] En général, il n'y a souvenir proprement dit d'aucune impression sensible, en tant qu'elle est affective et inhérente à la vie animale seulement. [...]

Les lois vitales ou même purement physiques qui ramènent, soit périodiquement, soit d'une manière accidentelle, un certain état de l'organisme, déterminent le retour de diverses impressions, images ou idées qui s'y trouvent liées en premier lieu. [...]

Chacun peut en trouver des exemples en lui-même. J.-J. Rousseau, dans ses *Confessions*, et Grétry, dans ses *Essais sur la musique*, ont rapporté des exemples notables de ces diverses modifications affectives qui reviennent chaque année avec la même saison. Celles du printemps ont une autre couleur, un ton sensitif tout autre que celles de l'été, ou que les images lugubres qui s'élèvent spontanément dans le passage de l'automne à l'hiver.

F. Pillon : Rousseau et la mémoire affective selon Ribot

Psychologue de la fin du XIXᵉ siècle, Théodule Ribot est l'inventeur de la notion de « mémoire affective » (*La psychologie des sentiments*, 1896). L'un de ses disciples illustre ici ses thèses par la scène du retour à Meillerie dans *La Nouvelle Héloïse*, IV, XVII (*OC II*, p. 518-519). Il cite d'abord la définition de Ribot :

La mémoire affective, vraie, ou concrète, consiste dans la reproduction *actuelle* d'un état affectif antérieur avec tous ses caractères. [...] Ici, le souvenir ne consiste pas seulement dans la représentation des conditions, circonstances, bref des états intellectuels ; mais dans la reviviscence de l'état affectif lui-même, comme tel, c'est-à-dire *ressenti*.

Th. Ribot, *La psychologie des sentiments* (1896), Alcan, p. 161.

Plus loin, il cite la lettre de Saint-Preux, soulignant notamment le passage où le héros dit sa violente émotion en retrouvant les endroits où il avait gravé le chiffre de Julie, entremêlé de vers italiens : « J'éprouvai combien la présence des objets peut ranimer puissamment les sentiments violents dont on fut agité près d'eux. »

Évidemment, Saint-Preux avait le souvenir de ces sentiments avant d'arriver à l'endroit où il avait voulu conduire celle qu'il aimait [...] mais il est bien vrai que ce souvenir était vague, général, abstrait. Maintenant le réduit est atteint et Saint-Preux le contemple : voilà que le souvenir affectif sort de l'état d'abstraction, devient concret, se réveille avec la vivacité du sentiment primitif. Il est si bien ressenti comme souvenir de ce sentiment, que c'est ce sentiment même qui semble ressuscité avec son ancienne violence.

F. Pillon, « La mémoire affective », *Revue philosophique*, 26ᵉ année, LI, janvier-juin 1901, Alcan, 1901, p. 120-123.

VII. « LES CONFESSIONS » DANS L'HISTOIRE DE L'ÉCRITURE DE SOI

Si *Les Confessions* fondent l'autobiographie moderne[1], elles sont aussi le produit d'une longue histoire.

Philippe Lejeune : l'influence des pseudo-Mémoires

[...] cette découverte du point de vue original qui définit l'autobiographie (par exemple à la première génération, chez Rousseau, Rétif ou Mme Rolland) s'explique par l'apparition, au début du XVIIIe siècle, d'*une nouvelle forme de la biographie*, à savoir le roman autobiographique à la première personne, qui met l'accent sur l'*apprentissage*, et spécule sur le goût de l'authentique qui se développe dans le public. Cette influence du roman pseudo-autobiographique est capitale : Rousseau et Rétif sont romanciers avant d'être autobiographes, et bien sûr lecteurs de romans avant d'être romanciers, comme tout le monde.

Ph. Lejeune, *op. cit.*, p. 46-47.

Georges May : l'effet Confessions

[...] si c'est à l'instauration d'une tradition authentiquement littéraire de l'autobiographie qu'on s'intéresse, il est peu douteux que celle-ci date du milieu ou de la fin du XVIIIe siècle et que l'impulsion en soit due en grande partie à la notoriété et au succès des œuvres posthumes de Rousseau. Si nous disons « le milieu ou la fin », c'est qu'il ne faut pas oublier que, si Rousseau commence au cours des années 1760 son long labeur autobiographique, c'est en grande partie à la demande de son éditeur d'Amsterdam Marc-Michel Rey,

G. May, *L'autobiographie*, PUF, 1979, p. 21-22.

1. Ph. Lejeune, *L'autobiographie en France*, A. Colin, 1971, p. 65.

lequel n'ignorait sans doute pas l'existence de la tradition anglaise d'autobiographies spirituelles des XVIIe et XVIIIe siècles. [...] Cela dit, il n'en reste pas moins vrai que, si le mot autobiographie commence à s'implanter dans les diverses langues européennes une dizaine d'années après la publication posthume des *Confessions*, ce n'est pas en vertu d'une coïncidence gratuite. Tout indique au contraire que le succès du livre fut l'occasion de la première vraie prise de conscience collective de l'existence littéraire de l'autobiographie.

Georges Gusdorf : la tradition religieuse

G. Gusdorf, *Lignes de vie*, t. I, O. Jacob, 1991, p. 73-74 et 76.

Si l'on se résout à rendre Rousseau à Genève et à la Suisse, province de l'Europe, en version germanique comme en version française, apparaissent alors les affiliations piétistes de l'auteur de la *Profession de foi du Vicaire savoyard*. Rousseau n'a jamais dissimulé ses expériences religieuses, qui procèdent non d'une dogmatique de l'intellect, mais des effusions spontanées du cœur. Le lecteur des *Confessions*, s'il se cantonne dans la lecture du texte écrit, risque fort de ne pas en percevoir le paysage spirituel, les tenants et les aboutissants d'une spiritualité qui ne se sent pas obligée de décliner ses sous-entendus, ses étymologies. [...] Rousseau se situe dans le vaste domaine européen du sentiment, au sein duquel se formera la personnalité de l'auteur des *Confessions*, et dont il deviendra dans les développements de l'âge romantique, l'un des principaux inspirateurs. [...]

Bon nombre de ceux qui s'intéressent aujourd'hui à la littérature du moi refusent, sous divers prétextes, de prendre en compte les origines religieuses de ces écritures qui, pendant très longtemps, sont pratiquées comme des exercices spirituels, réalisés sous l'invocation de la présence divine, tout en se laïcisant peu à peu sous la plume de certains esprits, comme un Montaigne ou un Cardan, qui écrivent d'eux-mêmes pour leur usage propre et leur plaisir.

VIII. DEUX RÉCITS D'ENFANCE EN 1755

Dans l'histoire de l'écriture de soi, il y a sans doute aussi une tradition du récit d'enfance qui reste à reconstituer à partir de tout ce que les Mémoires, les romans, les vies chrétiennes, etc. en ont écrit avant Rousseau. Voici en tout cas deux exemples de ce qu'on pouvait lire en ce domaine au milieu du XVIIIe siècle.

Les Mémoires *de l'abbé de Marolles*

Né en 1600, l'abbé Michel de Marolles est un polygraphe du XVIIe siècle dont toute l'œuvre est très vite tombée, sauf ses *Mémoires*, publiés en 1656-1657 et réédités en 1755. Par son ton nostalgique, le rôle qu'y jouent la nature et la précision des détails, le récit de son enfance a beaucoup de charme et préfigure indéniablement Rousseau : une vieille tante aimée qui sait des contes et qui le berce en l'amenant à la fontaine, une bibliothèque où Amadis voisine avec Ovide et Plutarque, un Homère su par cœur, la beauté de la campagne, un mot d'enfant à la romaine, tout cela fut pourtant publié un bon siècle avant *Les Confessions.*

Dans l'extrait suivant il évoque son précepteur qui lui apprend le latin.

Mémoires de M. de Marolles, Amsterdam, 1755, p. 16-17 (orthographe modernisée).

[...] il me rendit capable à dix ans d'entrer dans une cinquième : mais je me rends bien plus savant dans les romans et dans quelques autres livres français que nous avions, que dans les rudiments du latin.

Il y avait chez lui un Homère en vers français de la traduction de Salomon Certon, secrétaire du Roi, le grand Olympe, et les Métamorphoses d'Ovide [...], un Ronsard, un Du Bartas, Robert Garnier, Plutarque en deux volumes, de la traduction d'Amyot, les Essais de Michel de Montaigne, l'Histoire de

France de Du Haillan, les deux premiers livres d'Amadis de Gaule[1] [...]. Je savais presque par cœur toute l'Odyssée d'Homère, non pas tant pour les vers que pour les choses, et je me souvenais assez bien de ce que j'avais lu dans Ronsard, dans Amadis et dans le grand Olympe, de sorte que je racontais bien souvent des fables ; et pour en avoir une fois récité une assez à propos, c'était celle d'Éole et des vents [...], M. de Sigi [...] en l'année 1609, que je n'avais pas plus de neuf ans, me donna des louanges qui m'encouragèrent merveilleusement à étudier.

Une autre fois M. Vauberault, Nicolas Papillon, qui avait épousé mon aïeule paternelle en secondes noces [...], entendant les auteurs grecs et latins comme sa langue maternelle, ne me donna pas moins de joie pour l'estime qu'il fit de quelques vers de Ronsard que je lui récitai, et de la fable de Polyphème que je lui racontai du neuvième livre de l'Odyssée [...]

L'idée, qui me reste encore de ces choses-là, me donne de la joie : je revois, en esprit, avec un plaisir non pareil, la beauté des campagnes d'alors ; il me semble qu'elles étaient plus fertiles qu'elles n'ont été depuis ; que les prairies étaient plus verdoyantes qu'elles ne sont à présent, et que nos arbres avaient plus de fruits. [...] Quand la saison de la récolte était venue, il y avait plaisir de voir les troupes de moissonneurs, courbés les uns près des autres, dépouiller les sillons, et ramasser au retour les javelles que les plus robustes liaient ensuite, tandis que les autres chargeaient les gerbes dans les charrettes, et que les enfants, gardant de loin les troupeaux, glanaient les épis qu'une oubliance affectée avait laissés pour les réjouir. Les robustes filles de village sciaient les blés, comme les gar-

1. Célèbre roman de chevalerie.

çons ; et le travail des uns et des autres était entrecoupé de temps en temps par un repas rustique, qui se prenait à l'ombre d'un cormier ou d'un poirier, qui abattait ses branches chargées de fruits, jusqu'à la portée de leurs bras.

Vers six heures les femmes emmènent les enfants se promener.

[...] Elles s'allaient toutes reposer en quelque bel endroit, d'où elles prenaient plaisir de regarder la récolte, tandis que nous autres enfants, sans avoir besoin de ce repos, nous allions nous mêler parmi les moissonneurs ; et prenant même leurs faucilles, nous essayions de couper les blés comme eux.

Ibid., p. 21-22.

Je me souviens qu'un jour m'échauffant peut-être un peu trop à cet exercice, une demoiselle m'ayant demandé si M. l'abbé de Villeloin faisait cela ? je lui répondis qu'oui, comme si j'eusse regardé l'avenir par un esprit prophétique[1], et quand elle m'eut répliqué, comme je l'entendais ? Je ne sais, lui dis-je ; mais quand cela serait, celui que vous dites ne se ferait point de tort, parce qu'autrefois d'aussi honnêtes gens que lui n'en auraient pas rougi ; (j'avais appris cela, sans doute, dans la vie de quelque illustre romain) et sans savoir ce que je disais, elle se prit à rire, et m'arracha la faucille de la main, de peur que je m'en fisse mal.

Les Mémoires *de Mme de Staal-Delaunay*

Née en 1684, élevée par des religieuses, elle est liée à la cour de Sceaux à partir de 1710. Embastillée de 1718 à 1720 (conspiration de Cellamare), elle épouse en 1735 le baron de Staal. Elle meurt en 1750. Publiés en 1755, ses *Mémoires* connurent aussitôt un grand succès ; Sainte-Beuve la comparait à La Bruyère. Les pages consacrées à

1. M. de Marolles est abbé de Villeloin.

son enfance montrent une enfant prodige, choyée par son entourage, imprégnée d'histoire sainte, auteur de mots désarmants (elle demande pardon à un chien comme Rousseau lance son « adieu rôti »), incapable de mentir et trouvant « l'excuse des fautes dans leur aveu », bouleversée enfin par son contact précoce avec les romans : on aimerait savoir si Rousseau l'avait lue.

Mme de Staal-Delaunay, *Mémoires de jeunesse*, Mercure de France, 1996, p. 17-21.

Mesdames de Grieu, de l'abbaye de Jouarre [...] s'étaient retirées à Saint-Sauveur, où ma mère avait lié une très grande amitié avec elles ; et lorsqu'elle revint et m'y amena, ces dames, au premier abord, se prirent de passion pour moi [...] ; elles m'aimèrent avec la véhémence que la solitude et l'oisiveté donnent à toutes sortes de sentiments.

J'avais un peu plus de deux ans, et je faisais déjà de petits discours qu'on érigeait en bons mots, eu égard à mon âge. Je gagnai les bonnes grâces de l'abbesse pour une aventure peut-être trop puérile à raconter.

L'abbesse a la manie d'héberger les chiens errants.

[...] Il m'arriva un jour, comme on se mettait à table, de marcher inconsidérément sur la patte de l'un de ces infortunés, qui fit de grands cris. L'abbesse changea de visage, et parut si irritée, qu'on me dit tout bas de demander pardon. Comme je ne compris pas qu'elle fût l'offensée, je quittai la table, et j'allai me mettre à genoux au milieu de la salle, vis-à-vis du chien blessé, à qui je fis une excuse très touchante. Cette action réussit, et me mit fort bien avec elle. [...] Véritablement j'avais plus d'intelligence et de raisonnement qu'on n'en a ordinairement à cet âge : cela peut se dire sans vanité, puisqu'on voit des enfants qui ont passé pour des prodiges d'esprit devenir des prodiges de sottise.

[...] Au lieu de m'endormir avec *Peau d'âne*, on mettait dans ma tête les premiers fondements de l'histoire sainte et profane ; et cela s'y plaçait si bien, que j'en faisais des citations à propos. Ce succès de mon éducation rendit les personnes qui s'en mêlaient encore plus passionnées pour moi : elles engagèrent ma mère à m'abandonner tout à fait entre leurs mains.

On la sonde à propos des ambitions des dames de Grieu.

[...] Comme on croyait qu'elles ne me cachaient rien, je fus questionnée : je répondis des balivernes ; je parlai de ma poupée ; enfin je persuadai que j'étais trop enfant pour qu'on me confiât rien, et je gardai le secret sans qu'il m'en coûtât d'altérer la vérité. Je n'avais pas appris à mentir : accoutumée à trouver l'excuse des fautes dans leur aveu, rien ne me portait à chercher des détours. C'est la rigueur et la contrainte dont on use envers les enfants qui forcent la plupart à devenir fourbes et menteurs.

IX. PROBLÉMATIQUES CONTEMPORAINES

Au XXe siècle, les études sur Rousseau se sont profondément renouvelées à partir de l'ouvrage de Cassirer : *Le problème Jean-Jacques Rousseau* (1932) ; on trouvera ici un large extrait de son introduction. On lira ensuite un texte de Jean Starobinski, autre grand rénovateur de la critique rousseauiste, touchant cette fois à l'unité du style et de la pensée chez Rousseau ; sont enfin proposées quelques lectures modernes des *Confessions,* regroupées selon trois thèmes : vérité et fiction, le moi et l'autre, l'entretien infini ou les enjeux du « tout dire ».

L'UNITÉ DE L'ŒUVRE

Ernst Cassirer : « une pensée en mouvement »

E. Cassirer, *Le problème Jean-Jacques Rousseau*, Hachette, 1987, p.8-9.

[...] Pour peu qu'on se plonge dans l'œuvre de Rousseau et qu'on en voie surgir la vision de l'homme, du penseur et de l'artiste [...], ce qui se découvre à nos yeux n'est pas une doctrine achevée ou bien arrêtée, il s'agit au contraire d'un mouvement de la pensée qui constamment se relance [...]. Sans cesse ce mouvement s'impose à nous, et sans cesse il nous entraîne plus avant. La force incomparable de l'influence qu'exerça Rousseau en tant que penseur et écrivain sur son époque réside en fin de compte dans le fait que, dans un siècle qui avait élevé la culture de la forme à un sommet jamais atteint, et l'avait amenée jusqu'à sa perfection comme à son achèvement interne, Rousseau relança toute la problématique qui sous-tend le concept de forme *lui-même.* Le XVIIIe siècle s'appuie, tant en poésie, en philosophie que dans les sciences, sur un univers formel clos et bien établi. [...] Il voit en même temps dans cette capacité de définir et de délimiter la plus haute faculté subjective de l'homme, la faculté fondamentale de la « raison » elle-même. Rousseau est le premier penseur qui non seulement attaque cette certitude rassurante, mais l'ébranle jusque dans ses assises. En morale, en politique, en religion, en littérature comme en philosophie, Rousseau renie et brise les formes inscrites qu'il y découvre — au risque de laisser le monde sombrer à nouveau dans l'originaire et l'informel, l'état de « nature », et ainsi de le livrer en un certain sens au chaos. Mais c'est au sein de ce chaos, qu'il invoque lui-même, que s'affermit sa propre force créatrice. [...] Ce qui est fixe à ses yeux, ce qu'il maîtrise de toute la force de sa pensée et de son sentiment, ce n'est pas le but vers lequel il tend, mais l'impulsion à laquelle il obéit. Et il ne craint pas de s'y abandonner : il oppose au mode de penser essentiellement *statique* de son siècle la *dynamique* propre et toute personnelle de sa pensée, de son sentiment et de sa passion. C'est cette dynamique qui nous tient nous aussi toujours en haleine.

Jean Starobinski : le style d'une pensée

Pour reprendre une distinction établie par Ernst Cassirer, j'ai estimé qu'à l'*objet* d'étude qu'offrait le système (à la fois complet et discontinu) de Rousseau, pouvait s'ajouter une approche *physionomique* de l'ensemble de son œuvre, apparemment si multiforme. Cela supposait l'examen des implications philosophiques du style de Rousseau, et, inversement, l'analyse de sa pensée comme créatrice d'un style [...]. Puisque Rousseau lui-même l'exigeait, ne fallait-il pas étendre à son œuvre entière la revendication d'unité qui valait déjà pour ce qu'il nommait « son triste et beau système » ? Pouvait-on strictement délimiter, dans l'œuvre rous-

J. Starobinski, préface à E. Cassirer, *Le problème J.-J. Rousseau*, *op. cit.*, p. XVIII.

seauiste, un corpus de textes où s'élabore une pensée universalisable, et rejeter le reste hors du champ d'intérêt de la philosophie, laquelle ne serait pas concernée par l'expression littéraire de la particularité, par la construction autobiographique de soi par soi ? Il ne s'agit que d'observer comment une *doctrine* de l'expression de l'individu [...] passe elle-même à l'*acte* expressif.

FICTION ET VÉRITÉ

Paul Valéry : « on ne se dévoile que pour quelque effet »

P. Valéry, « Stendhal », in *Œuvres*, Gallimard, Bibliothèque de la Pléiade, t. I, 1957, p. 570-571.

Comment ne pas choisir le meilleur dans ce *vrai* sur quoi l'on opère ? Comment ne pas souligner, arrondir, colorer, chercher à faire plus net, plus fort, plus troublant, plus intime, plus brutal que le modèle ? *En littérature, le vrai n'est pas concevable.* Tantôt par la simplicité, tantôt par la bizarrerie, tantôt par la précision trop poussée, tantôt par la négligence, tantôt par l'aveu de choses plus ou moins honteuses, mais toujours *choisies* — aussi bien choisies que possible —, toujours et par tous les moyens, qu'il s'agisse de Pascal, de Diderot, de Rousseau ou de Beyle, et que la nudité qu'on nous exhibe soit d'un pécheur, d'un cynique, d'un moraliste ou d'un libertin, elle est inévitablement éclairée, colorée et fardée selon toutes les règles du théâtre mental. Nous savons bien qu'on ne se dévoile que pour quelque effet. [...]

Qui se confesse ment, et fuit le véritable vrai, lequel est nul, ou informe, et, en général, indistinct. [...]

Jean Starobinski : « un principe de déformation »

J. Starobinski, *La relation critique*, Gallimard, coll. « Le Chemin », 1970, p. 85-86.

Qu'il s'agisse de Rousseau ou de Chateaubriand, les critiques ont souvent considéré — indépendamment de la matérialité des faits évoqués — que la perfection du style rendait suspect le contenu du récit, et faisait écran entre la vérité du passé et le présent de la situation narrative.

[...] Non seulement l'autobiographe peut mentir, mais la « forme autobiographique » peut revêtir l'invention romanesque la plus libre : les « pseudo-Mémoires », les récits « pseudo-autobiographiques » exploitent la possibilité de narrer à la première personne une histoire purement imaginaire. Le je du récit [...] est un *je* sans référent, qui ne renvoie qu'à une image inventée [...]. Pourtant le *je* du texte fictif est indiscernable du *je* de la narration autobiographique « sincère ». On en conclut aisément que, sous l'aspect de l'autobiographie et de la confession, et malgré le vœu de sincérité, le « contenu » de la narration peut fuir, se perdre dans la fiction, sans que rien n'arrête ce passage d'un plan à l'autre, sans qu'aucun indice non plus ne le révèle à coup sûr. La qualité originale du style, en accentuant l'importance du présent de l'acte d'écrire, semble favoriser l'arbitraire de la narration plutôt que la fidélité de la réminiscence. Plus encore qu'un obstacle ou un écran, c'est un principe de déformation et de falsification.

Maurice Blanchot : « cette manière de dire qui dit par la manière »

M. Blanchot, *Le livre à venir*, Gallimard, Folio Essais, 1959, p. 65-67.

[...] Rousseau fait une découverte qui l'aide dangereusement. La vérité de l'origine ne se confond pas avec la vérité des faits : au niveau où elle doit se saisir et se dire, elle est ce qui n'est pas encore vrai, ce qui du moins n'a pas de garantie dans la conformité avec la ferme réalité extérieure. Nous ne serons donc jamais sûrs d'avoir dit cette sorte de vrai, sûrs au contraire d'avoir toujours à la dire à nouveau, mais nullement convaincus de fausseté s'il nous arrive de l'exprimer en l'altérant et en l'inventant, car elle est plus réelle dans l'irréel que dans l'apparence d'exactitude où elle se fige en perdant sa clarté propre. [...]

Mais quelle littérature, abritant cette parole, pourra en préserver la spontanéité créatrice ? Il n'importe plus d'écrire bien, avec soin, dans une forme constante, égale et réglée, selon l'idéal classique d'après lequel on fait les livres. « Mon style inégal et naturel, tantôt rapide et tantôt diffus, tantôt diffus, tantôt sage et tantôt fou, tantôt grave et tantôt gai fera lui-même partie de mon histoire. » Cette dernière indication est frappante. Rousseau voit parfaitement que la littérature est cette manière de dire qui dit par la manière, comme il voit qu'il y a un sens, une vérité et comme un contenu de la forme où se communique, malgré les mots, tout ce que dissimule leur trompeuse signification.

LE MOI ET L'AUTRE

Jean Starobinski : rectifier l'« erreur des autres »

J. Starobinski, *Jean-Jacques Rousseau : la transparence et l'obstacle*, Gallimard, 1957, p. 218-219.

L'erreur est donc dans le regard des autres. Jean-Jacques est tout entier connaissable et il est tout entier méconnu. Quoiqu'il vive à découvert, tout se passe comme s'il dissimulait. En présence des autres, auxquels il croit s'offrir ingénument, il s'aperçoit que sa vérité demeure cachée, comme s'il se déguisait, comme s'il portait un masque. Ainsi, par la faute des autres, il paraît dissimuler des secrets inavouables, lui qui s'avance dans la lumière du jour... Ce que les écrits autobiographiques mettront en question, ce ne sera pas la connaissance de soi proprement dite, mais la reconnaissance de Jean-Jacques par les autres. Ce qui est problématique à ses yeux, en effet, n'est pas la claire conscience de soi, la coïncidence de « l'en soi » et du « pour soi », mais la traduction de la conscience de soi en une reconnaissance venue du dehors. *Les Confessions* sont au premier chef une tentative de rectification de l'erreur des autres, et non pas la recherche d'un

« temps perdu ». Le souci de Rousseau commence donc par cette question ; pourquoi le sentiment intérieur, immédiatement évident, ne trouve-t-il pas son écho dans une reconnaissance immédiatement accordée ? Pourquoi est-il si difficile de faire concorder ce qu'on est pour soi et ce qu'on est pour les autres ? [...]

Rendre mon âme transparente aux yeux du lecteur... Tout se passe donc comme si la transparence n'était pas une donnée préexistante, mais une tâche à réaliser. [...] Elle ne sera transparence en acte que lorsqu'elle aura un témoin à qui apparaître comme transparence, c'est-à-dire, selon l'expression de Rousseau, lorsqu'elle sera *transparente aux yeux du lecteur.*

Paul de Man : « la structure du désir comme exhibition »

P. de Man, *Allegories of Reading*, New Haven-Londres, Yale University Press, 1979, p. 285-286.

[...] comme les rêves de nudité chez Freud, la honte est fondamentalement exhibitionniste. Ce que Rousseau voulait *réellement*, ce n'est ni le ruban ni Marion, mais la scène publique de révélation [...]. Plus il y a à dévoiler, plus il y a de quoi être honteux ; plus il y a de résistance à révéler, plus la scène procure du plaisir, et plus gratifiante et éloquente se trouve notamment la révélation différée, dans le récit ultérieur, de l'incapacité à révéler. Ce désir est véritablement honteux, car cela suggère que Marion fut détruite non pour permettre à Rousseau de sauver la face, ni parce qu'il la désirait, mais simplement afin de lui procurer une scène où afficher sa turpitude ou, ce qui revient au même, de fournir une bonne chute au livre II des *Confessions* [...].

La structure du désir comme exhibition plutôt que comme possession explique pourquoi la honte fonctionne effectivement, ainsi qu'elle le fait dans ce texte, comme l'excuse la plus efficace, beaucoup plus efficace que la convoitise, la concupiscence ou l'amour. [...] La honte utilisée comme excuse permet à la répression de fonctionner comme révélation, et ainsi de rendre interchangeables plaisir et faute. La faute est pardonnée parce qu'elle autorise le plaisir de révéler sa répression. D'où il suit que la répression est en fait une excuse, un acte de langage parmi d'autres.

Claude Lévi-Strauss : « un refus obstiné d'identification à soi »

« Quand on veut étudier les hommes, il faut regarder près de soi ; mais pour étudier l'homme, il faut apprendre à porter sa vue au loin ; il faut d'abord observer les différences pour découvrir les propriétés » (*Essai sur l'origine des langues*, chap. VIII).

Cl. Lévi-Strauss, « J.-J. Rousseau, fondateur des sciences de l'homme », in *Anthropologie structurale II*, Plon, 1973, p. 47-48.

Cette règle de méthode que Rousseau fixe à l'ethnologie et dont elle marque l'avènement, permet aussi de surmonter ce qu'à première vue, on prendrait pour un double paradoxe : que Rousseau ait pu, simultanément, préconiser l'étude des hommes les plus lointains, mais qu'il se soit surtout adonné à celle de cet homme particulier qui semble le plus proche, c'est-à-dire lui-même ; et que dans toute son œuvre, la volonté d'identification à l'autre aille de pair avec un refus obstiné d'identification à soi. Car ces deux contradictions apparentes qui se résolvent en une seule et réciproque implication, toute carrière d'ethnologue doit, un moment ou l'autre, les surmonter. [...]

Chaque fois qu'il est sur le terrain, l'ethnologue se voit livré à un monde où tout lui est étranger, souvent hostile. Il n'a que ce moi, dont il dispose encore, pour lui permettre de survivre et de faire sa recherche ; mais un moi [...] qui se découvre lui-même, dans cette conjoncture étrange, perclus et estropié par tous les cahots d'une histoire personnelle responsable au départ de sa vocation, mais qui, de plus, affectera désormais son cours. Dans l'expérience ethnographique, par conséquent, l'observateur se saisit comme son propre instrument d'observation ; de toute évidence, il lui faut apprendre à se connaître, à obtenir d'un *soi*, qui se révèle comme *autre* au *moi* qui l'utilise, une évaluation qui deviendra partie intégrante de l'observation d'autres soi. Chaque carrière ethnographique trouve son principe dans des « confessions » écrites ou inavouées.

L'ENTRETIEN INFINI : « TOUT DIRE »

Bernard Gagnebin et Marcel Raymond : « lire dans tous les sens »

[...] on aurait tort de penser que la clé du livre des *Confessions* est à chercher ailleurs qu'en lui-même. « Tout se tient » dans ce livre comme dans le caractère de son auteur. [...] Histoire et mythe consubstantiels à la vérité d'une âme, à la vérité la plus claire comme la plus obscure, à la mieux masquée à la conscience, *Les Confessions* sont une peinture complète, qui appelle seulement un lecteur sachant lire dans tous les sens.

B. Gagnebin et M. Raymond, introduction à *J.-J. Rousseau, Œuvres complètes*, t. I, 1959, Gallimard, Bibliothèque de la Pléiade, p. XLIV.

François Roustang : « le comprendre c'est le reconnaître inévitable »

S'il réussit à tout dire, à se montrer tel qu'il est, à bien faire sentir que tout découle des premières impressions à travers des enchaînements inéluctables, il y a place pour un destin, mais nullement pour la culpabilité. Ce qui fonde la culpabilité, ce sont les sauts brusques, les irruptions, le manque de continuité, les lacunes, les blancs d'un texte, bref les trous dans le tout dire qui, rétablissant les liaisons secrètes, restaure l'individu morcelé, lui rend sa totalité et donc son unicité. Il n'est pas coupable, il a seulement été cela à quoi il ne pouvait échapper. L'accuser, ce n'est pas le comprendre. Le comprendre, c'est le reconnaître inévitable. L'établisse-

F. Roustang, « L'interlocuteur du solitaire», in *Individualisme et autobiographie en Occident*, Université de Bruxelles, 1983, p. 169-170.

ment exhaustif de la singularité dissiperait à jamais les brouillards de la faute et enlèverait des mains du juge tout document qui fonderait l'accusation.

[...] Rousseau répète qu'il faut tout lire de ses *Confessions* ou de ses *Dialogues* pour pouvoir le juger, et il est persuadé que sa cause sera alors entendue, c'est-à-dire dissoute. Mais il ne se rend pas compte que, ce faisant, il dissout également son interlocuteur puisqu'il le réduit à n'être que la totalité de son propre discours ; le tout lire n'étant que l'écho ou le reflet du tout dire. Pour répondre à cette condition, il n'est aucun individu existant, puisque aussi bien, par cette opération, Rousseau ne donne à son lecteur aucun autre statut que celui de sa propre mémoire. Il ne s'aliène qu'en lui-même.

Maurice Blanchot : « l'étrange passion de l'incessant »

M. Blanchot, *Le livre à venir*, op. cit., p. 64-65.

Rousseau, dans ses *Confessions*, voudra nécessairement tout dire. Tout, c'est d'abord toute son histoire, toute sa vie, ce qui l'accuse (et peut seul l'excuser), l'ignoble, le bas, le pervers, mais aussi l'insignifiant, l'incertain, le nul. Tâche insensée qu'il ne commence qu'à peine, bien que ce commencement fasse déjà scandale, et pour laquelle il sent bien qu'il lui faudrait rompre avec toutes les règles du discours classique. En même temps, il a conscience que tout dire, ce n'est pas épuiser son histoire, ni son caractère, dans un impossible récit intégral, mais aussi bien chercher en son être ou dans le langage le moment de la simplicité première, où tout est donné par avance, où le tout est possible. S'il ne cesse d'écrire sur lui-même, recommençant inlassablement son autobiographie à un certain moment toujours interrompue, c'est qu'il est incessamment et fiévreusement en quête de ce commencement qui lui fait toujours défaut quand il l'exprime, alors qu'il en a, avant toute expression, la calme, l'heureuse certitude. « Qui suis-je ? » Ainsi débutent *Les Confessions* où il veut non seulement se montrer « tout entier au public », mais se tenir « incessamment sous ses yeux », ce qui va l'obliger à ne jamais cesser d'écrire, afin de rendre impossible « la moindre lacune », « le moindre vide ». Puis viennent les *Dialogues* où celui qui a « tout dit », comme s'il n'avait rien dit, recommence à tout dire, sous cette contrainte : « Si je tais quelque chose on ne me connaîtra sur rien. » Puis viennent les *Rêveries* : « Que suis-je moi-même ? Voilà ce qui me reste à chercher. » Si écrire est bien l'étrange passion de l'incessant, qui nous le découvre mieux que cet homme las d'écrire, persécuté par la parole et, défié de se taire, jetant encore « à la hâte sur le papier quelques mots interrompus » qu'à peine il a le temps de relire, encore moins de corriger » ?

Michel Foucault : « la voix immédiate »

M. Foucault, introduction aux *Dialogues* (1962), in *Dits et récits*, t. I, Gallimard, 1994, p. 172-173.

Au début du mois de mai 1771, Rousseau achève la lecture des *Confessions*, chez le comte d'Egmont : « Quiconque même sans avoir lu mes écrits examinera par ses propres yeux mon naturel, mon caractère, mes mœurs, mes penchants, mes plaisirs, mes habitudes et pourra me croire un malhonnête homme, est lui-même un homme à étouffer. » Un jeu de l'étouffement commence, qui ne cessera pas avant la redécouverte du domaine ouvert, respirable, irrégulier, enchevêtré mais sans entrelacement, de la promenade et de la rêverie. L'homme qui ne croit pas Jean-Jacques est donc à étouffer : dure menace, puisqu'il n'a point à fonder sa conviction sur la lecture des livres, mais sur la connaissance de l'homme, cette connaissance qui est donnée sans fard dans le livre des *Confessions*, mais qui à travers lui doit s'affirmer sans lui. Il faut croire ce que dit la parole écrite, mais non pas la croire parce qu'on l'a lue. Et l'injonction, pour rejoindre son sens et ne pas contester l'ordre qu'elle donne par le lieu d'où elle le profère, est lue par l'auteur ; de cette manière on pourra l'entendre : alors s'ouvrira un espace de la parole légère, fidèle, indéfiniment transmissible où communiquent sans obstacle croyance et vérité, cet espace sans doute de la voix immédiate où le vicaire savoyard, à l'écoute, avait jadis logé la profession de foi. Le livre des *Confessions* est lu à plusieurs reprises [...] ; lecture en confidence, devant un public étroit, mais dont le quasi-secret ne vise au fond que le texte qui la porte ; la vérité qu'elle veut transmettre sera, par ce secret, libérée pour un parcours indéfini et immédiat, idéalisée déjà pour devenir croyance. Dans l'éther où la voix enfin triomphe, le méchant qui ne croit pas ne pourra plus respirer ; il n'y aura plus besoin de mains ni de lacets pour l'étouffer.

Cette voix légère, cette voix qui, de sa gravité, amincit à l'extrême le texte d'où elle naît, tombe dans le silence [...] : « Tout le monde se tut ; Mme d'Egmont fut la seule qui me parut émue ; elle tressaillit visiblement, mais elle se remit bien vite et garda le silence, ainsi que toute la compagnie. Tel fut le fruit que je tirai de cette lecture et de ma déclaration. » La voix est étouffée, et le seul écho qu'elle éveille n'est, en réponse, qu'un frisson réprimé, une émotion un instant visible, vite ramenée au silence.

X. BIBLIOGRAPHIE

ÉDITIONS DES « CONFESSIONS »

On complétera utilement la lecture des *Confessions*, dans l'édition Folio classique, par celle des deux éditions critiques suivantes :

Œuvres complètes de J.-J. Rousseau, Écrits autobiographiques, éd. Gagnebin, Raymond, Osmont, Gallimard, Bibliothèque de la Pléiade, 1962.

J.-J. Rousseau, *Les Confessions*, éd. Voisine, Bordas, Classiques Garnier, 1980 (cette édition contient le relevé complet des variantes et un commode index des noms propres).

AUTRES ÉCRITS DE ROUSSEAU

Œuvres complètes de J.-J. Rousseau, op. cit. : t. II (1961), *La Nouvelle Héloïse*, Théâtre, poésies, essais littéraires ; t. III (1964), Le *Contrat social*, Écrits politiques ; t. IV (1969), *Émile*, Éducation, morale, botanique ; t. V (1995), Écrits sur la musique, la langue, le théâtre.

ÉTUDES BIOGRAPHIQUES

Crocker L.-G., Jean-Jacques Rousseau, 2 tomes, New York-Londres, Macmillan, 1968-1973.

Eigeldinger F.-S., *« Des pierres dans mon jardin » les années neuchâtelloises de J.-J. Rousseau et la crise de 1765*, Paris-Genève, Champion-Slatkine, 1992.

Trousson R., *Jean-Jacques Rousseau*, 2 tomes, Tallandier, 1988-1989.

— *Jean-Jacques Rousseau*, Hachette, 1993.

ÉTUDES GÉNÉRALES

Baczo B., *Solitude et communauté*, Paris-La Haye, Mouton, 1974.
Bonhôte N., *Jean-Jacques Rousseau. Vision de l'histoire et autobiographie,* Lausanne, L'Âge d'homme, 1992.
Burgelin P., *La philosophie de l'existence de J.-J. Rousseau*, PUF, 1952.
Cassirer E., *Le problème Jean-Jacques Rousseau*, Hachette, 1987.
— *Kant et Rousseau*, Belin, 1991.
Derathé R., *Jean-Jacques Rousseau et la science de son temps*, PUF, 1974.
Derrida J., *De la grammatologie*, Éditions de Minuit, 1967.
Eigeldinger M., *Jean-Jacques Rousseau. Univers mythique et cohérence*, Neuchâtel, La Baconnière, 1978.
Ellrich R.-J., *Rousseau and his Reader : the Rhetorical Situation of the Major Works*, University of North Carolina's Studies in the Romance Languages and Literatures, n° 83, 1969.
Goldschmidt V., *Anthropologie et politique. Les principes du système de Rousseau*, Vrin, 1974.
Labrosse Cl., *Lire au XVIIIe siècle. « La Nouvelle Héloïse » et ses lecteurs*, Presses universitaires de Lyon / CNRS, 1985.
Launay M., *Jean-Jacques Rousseau, écrivain politique*, Genève, Slatkine, 1989.
Lecercle J.-L., *Rousseau et l'art du roman*, A. Colin, 1969.
Masson P.-M., *La religion de Jean-Jacques Rousseau*, Genève, Slatkine reprints, 1970.
Poulet G., *Études sur le temps humain*, t. I, chap. X, Plon, 1950.
— *Les métamorphoses du cercle*, chap. V, Flammarion, 1979.
Raymond M., *Jean-Jacques Rousseau : la quête de soi et la rêverie,* J. Corti, 1962.
Roussel J., *Jean-Jacques Rousseau en France après la Révolution (1795-1830)*, A. Colin, 1972.

Saussure H. de, *Rousseau et les manuscrits des « Confessions »*, Paris, éd. De Boccard, 1950.
Sgard J. (sous la dir. de), *Le vocabulaire du sentiment dans l'œuvre de Jean-Jacques Rousseau*, Genève-Paris, Slatkine, 1980.
Starobinski J., *J.-J. Rousseau, la transparence et l'obstacle*, Gallimard, 1971.
— «Le remède dans le mal : la pensée de Rousseau », in *Le remède dans le mal*, Gallimard, 1989, p. 165-232.
Touchefeu Y., *L'Antiquité et le christianisme dans la pensée de J.-J. Rousseau*, EHESS, 1992.
Trousson R. et Eigeldinger F.-S. (sous la dir. de), *Dictionnaire de Jean-Jacques Rousseau*, H. Champion, 1996.

SUR « LES CONFESSIONS »

Beaudry C.-A., *The Role of the Reader in Rousseau's « Confessions »*, éd. Peter Lang, New York-Francfort, 1991.
Bonhôte N., « Tradition et modernité de l'autobiographie : *Les Confessions* de Jean-Jacques Rousseau », *Romantisme*, nº 56, 1987, p. 13-20.
Didier B., « Les blancs de l'autobiographie », in *Territoires de l'imaginaire*, Le Seuil, 1986, p. 137-155.
Eigeldinger M., « Le discours autobiographique dans les *Lettres à Malesherbes* », Reims, *Études Jean-Jacques Rousseau*, 1987, t. I, p. 9-22.
Gagnebin B., « Vérité et véracité dans *Les Confessions* », in *Jean-Jacques Rousseau et son œuvre*, Klincksieck, 1964, p. 7-21.
— « L'étrange accueil fait aux *Confessions* de Rousseau au XVIIIe siècle », *AJJR*, nº 38, 1969-1971, p. 105-126.
Galliani R., « Rousseau. L'illumination de Vincennes et la critique moderne », *Studies on Voltaire and the 18th* Century, 1986, nº 245, p. 403-447.

Goulemot J.-M., « *Les Confessions* : une autobiographie d'écrivain », *Littérature*, n° 33, 1979.

Grosrichard A., « La voix de la vérité », in *Littérature et opéra*, Presses universitaires de Grenoble, 1987, p. 9-17.

Hoffmann P., « La mémoire et les valeurs dans les six premiers livres des *Confessions* », Genève, *AJJR*, 1972-1977, t. XXXIX, p. 79-92.

Larkin S., « *Cleveland* et *Les Confessions* », Grenoble, CRS, *Cahiers Prévost d'Exiles*, 1986, n° 3, p. 15-26.

Lecercle J.-L., « Un homme dans toute la vérité de la nature », *RSH*, n° 161, 1976, p. 5-17.

Lejeune Ph., « La punition des enfants, lecture d'un aveu de Rousseau » et « Le livre I des *Confessions* », in *Le Pacte autobiographique*, Le Seuil, 1975, p. 49-163.

— « Le peigne cassé », *Poétique*, n° 25, 1976, p. 1-29.

Man P. de, *Allegories of Reading*, IIe partie, New Haven-Londres, Yale University Press, 1979, p. 278-301.

Milner M., « Qu'exhibe Jean-Jacques ? À propos d'une page des *Confessions* », *RSH*, n° 208, 1987, p. 35-46.

Orlando Fr., « La découverte du souvenir d'enfance au premier livre des *Confessions* », Genève, *AJJR*, 1966-1968, t. XXXVII, 1970, p. 149-173.

Perrin J.-F., *Le chant de l'origine : la mémoire et le temps dans « Les Confessions » de Jean-Jacques Rousseau*, Voltaire Foundation, Oxford, 1996

Picard L., « Le picaresque dans les six premiers livres des *Confessions* », in *Mélanges J. Mourot. Le génie de la forme*, Presses universitaires de Nancy, 1982, p. 319-329.

Raymond M., « J.-J. Rousseau et le problème de la connaissance de soi », *Studi francesi*, n° 18, 1962.

Robin Ch., « La mémoire affective dans le livre premier des *Confessions* », Lille, *RSH*, janvier-mars 1973, t. XXXVIII, n° 149, p. 69-84.

Starobinski J., « Le dîner de Turin », in *La relation critique*, Gallimard, 1970, p. 98-153.
Versini L., « Les six premiers livres des *Confessions*, idylle », Reims, *Études Jean-Jacques Rousseau*, 1987, t. I, p. 23-35.
Voisine J., « Essai de préhistoire intérieure des *Confessions* », *L'Information littéraire*, janvier-février 1976, 28e année, n° I, p. 7-19.
— « Le dialogue avec le lecteur dans *Les Confessions* », in *Jean-Jacques Rousseau et son œuvre*, Klincksieck, 1964, p. 23-31.
— « Rousseau autobiographe et écrivain d'après le livre IV des *Confessions* », *RHLF*, n° 77, 1977, p. 775-794.

SUR L'AUTOBIOGRAPHIE

Individualisme et autobiographie en Occident (collectif), Université de Bruxelles, 1983.
Bruss E.-W., « L'autobiographie considérée comme acte littéraire », *Poétique*, n° 5, 1974, p. 14-26.
Démoris R., *Le roman à la première personne, du classicisme aux Lumières*, A. Colin, 1975.
Fumaroli M., « Les Mémoires du XVIIe siècle au carrefour des genres en prose », in *La diplomatie de l'esprit*, Hermann, 1994, p. 183-216.
Gusdorf G., *Lignes de vie*, t. I : *Les écritures du moi*, O. Jacob, 1991.
Hipp M.-Th., *Mythes et réalités. Enquêtes sur le roman et les Mémoires (1660-1700)*, Klincksieck, 1976.
Lejeune Ph., *L'autobiographie en France*, A. Colin, 1971.
— *Le pacte autobiographique*, *op. cit.*
May G., *L'autobiographie*, PUF, 1984.
RHLF, 75, 1975 : n° spécial sur l'autobiographie (articles importants de Ph. Lejeune, Y. Coirault, G. Gusdorf).

Starobinski J., « Le style de l'autobiographie », in *La relation critique, op. cit.*, p. 83-98.
Voisine J., « Mémoires et autobiographie (1760-1820) », *Neohelicon*, vol. XVIII/2, Budapest, 1991, p. 150-183.

TABLE

ESSAI

DOSSIER

DANS LA MÊME COLLECTION

Jean-Louis Backès *Crime et châtiment* de Fédor Dostoievski (40)
Patrick Berthier *Colomba* de Prosper Mérimée (15)
Philippe Berthier *Eugénie Grandet* d'Honoré de Balzac (14)
Philippe Berthier *La Chartreuse de Parme* de Stendhal (49)
Michel Bigot, Marie-France Savéan *La cantatrice chauve / La leçon* d'Eugène Ionesco (3)
Michel Bigot *Zazie dans le métro* de Raymond Queneau (34)
André Bleikasten *Sanctuaire* de William Faulknert (27)
Madeleine Borgomano *Le ravissement de Lol V. Stein* de Marguerite Duras (60)
Arlette Bouloumié *Vendredi ou les limbes du Pacifique* de Michel Tournier (4)
Marc Buffat *Les mains sales* de Jean-Paul Sartre (10)
Claude Burgelin *Les mots* de Jean-Paul Sartre (35)
Mariane Bury *Une vie* de Guy de Maupassant (41)
Pierre Chartier *Les faux-monnayeurs* d'André Gide (6)
Pierre Chartier *Candide* de Voltaire (39)
Marc Dambre *La symphonie pastorale* d'André Gide (11)
Michel Décaudin *Alcools* de Guillaume Apollinaire (23)
Jacques Deguy *La nausée* de Jean-Paul Sartre (28)
Carole Dornier *Manon Lescaut* de l'Abbé Prévost (66)
Louis Forestier *Boule de suif* suivi de *La maison Tellier* de Guy de Maupassant (45)
Laurent Fourcaut *Le chant du monde* de Jean Giono (55)
Danièle Gasiglia-Laster *Paroles* de Jacques Prévert (29)
Jean-Charles Gateau *Capitale de la douleur* de Paul Éluard (33)
Jean-Charles Gateau *Le parti pris des choses* de Francis Ponge (63)
Henri Godard *Voyage au bout de la nuit* de Céline (2)
Henri Godard *Mort à crédit* de Céline (50)
Monique Gosselin *Enfance* de Nathalie Sarraute (57)
Daniel Grojnowski *À rebours* de Huysmans (53)
Jeannine Guichardet *Le père Goriot* d'Honoré de Balzac (24)
Jean-Jacques Hamm *Le Rouge et le Noir* de Stendhal (20)
Philippe Hamon *La bête humaine* d'Émile Zola (38)
Geneviève Hily-Mane *Le vieil homme et la mer* d'Ernest Hemingway (7)
Emmanuel Jacquart *Rhinocéros* d'Eugène Ionesco (44)
Caroline Jacot-Grappa *Les liaisons dangereuses* de Choderlos de Laclos (64)
Alain Juillard *Le passe-muraille* de Marcel Aymé (43)
Anne-Yvonne Julien *L'œuvre au noir* de Marguerite Yourcenar (26)
Thierry Laget *Un amour de Swann* de Marcel Proust (1)

Thierry Laget *Du côté de chez Swann* de Marcel Proust (21)
Claude Launay *Les fleurs du mal* de Charles Baudelaire (48)
Jean-Pierre Leduc-Adine *L'Assommoir* d'Émile Zola (61)
Marie-Christine Lemardeley-Cunci *Des souris et des hommes* de John Steinbeck (16)
Claude Leroy *L'or* de Blaise Cendrars (13)
Henriette Levillain *Mémoires d'Hadrien* de Marguerite Yourcenar (17)
Henriette Levillain *La Princesse de Clèves* de Madame de la Fayette (46)
Jacqueline Lévi-Valensi *La peste* d'Albert Camus (8)
Jacqueline Lévi-Valensi *La chute* d'Albert Camus (58)
Marie-Thérèse Ligot *Un barrage contre le Pacifique* de Marguerite Duras (18)
Marie-Thérèse Ligot *L'amour fou* d'André Breton (59)
Joël Malrieu *Le Horla* de Guy de Maupassant (51)
François Marotin *Mondo et autres histoires* de J.M.G. Le Clézio (47)
Catherine Maubon *L'âge d'homme* de Michel Leiris (65)
Jean-Michel Maulpoix *Fureur et mystère* de René Char (52)
Alain Meyer *La Condition humaine* d'André Malraux (12)
Pascaline Mourier-Casile *Nadja* d'André Breton (37)
Jean-Pierre Naugrette *Sa Majesté des Mouches* de William Golding (25)
François Noudelmann *Huis-clos* suivi de *Les mouches* de Jean-Paul Sartre (30)
Jean-François Perrin *Les confessions* de Jean-Jacques Rousseau (62)
Bernard Pingaud *L'étranger* d'Albert Camus (22)
Jean-Yves Pouilloux *Les fleurs bleues* de Raymond Queneau (5)
Jean-Yves Pouilloux *Fictions* de Jorge Luis Borges (19)
Frédéric Regard *1984* de George Orwell (32)
Pierre-Louis Rey *Madame Bovary* de Gustave Flaubert (56)
Anne Roche *W* de Georges Pérec (67)
Mireille Sacotte *Un roi sans divertissement* de Jean Giono (42)
Marie-France Savéan *La place* suivi d'*Une femme* d'Annie Ernaux (36)
Marie-louise Terray *Les chants de Maldoror – Lettres – Poésie I et II* de Isidore Ducasse Comte de Lautréamont (68)
Claude Thiébaut *La métamorphose et autres récits* de Franz Kafka (9)
Marie-Ange Voisin-Fougère *Contes cruels* de Villiers de L'Isle Adam (54)

COLLECTION FOLIO

Dernières parutions

2921.	Chester Himes	*Regrets sans repentir.*
2922.	Paula Jacques	*La descente au paradis.*
2923.	Sibylle Lacan	*Un père.*
2924.	Kenzaburô Ôé	*Une existence tranquille.*
2925.	Jean-Noël Pancrazi	*Madame Arnoul.*
2926.	Ernest Pépin	*L'Homme-au-Bâton.*
2927.	Antoine de Saint-Exupéry	*Lettres à sa mère.*
2928.	Mario Vargas Llosa	*Le poisson dans l'eau.*
2929.	Arthur de Gobineau	*Les Pléiades.*
2930.	Alex Abella	*Le Massacre des Saints.*
2932.	Thomas Bernhard	*Oui.*
2933.	Gérard Macé	*Le dernier des Égyptiens.*
2934.	Andreï Makine	*Le testament français.*
2935.	N. Scott Momaday	*Le Chemin de la Montagne de Pluie.*
2936.	Maurice Rheims	*Les forêts d'argent.*
2937.	Philip Roth	*Opération Shylock.*
2938.	Philippe Sollers	*Le Cavalier du Louvre. Vivant Denon.*
2939.	Giovanni Verga	*Les Malavoglia.*
2941.	Christophe Bourdin	*Le fil.*
2942.	Guy de Maupassant	*Yvette.*
2943.	Simone de Beauvoir	*L'Amérique au jour le jour, 1947.*
2944.	Victor Hugo	*Choses vues, 1830-1848.*

2945. Victor Hugo — *Choses vues, 1849-1885.*
2946. Carlos Fuentes — *L'oranger.*
2947. Roger Grenier — *Regardez la neige qui tombe.*
2948. Charles Juliet — *Lambeaux.*
2949. J.M.G. Le Clézio — *Voyage à Rodrigues.*
2950. Pierre Magnan — *La Folie Forcalquier.*
2951. Amoz Oz — *Toucher l'eau, toucher le vent.*
2952. Jean-Marie Rouart — *Morny, un voluptueux au pouvoir.*
2953. Pierre Salinger — *De mémoire.*
2954. Shi Nai-an — *Au bord de l'eau I.*
2955. Shi Nai-an — *Au bord de l'eau II.*
2956. Marivaux — *La Vie de Marianne.*
2957. Kent Anderson — *Sympathy for the Devil.*
2958. André Malraux — *Espoir — Sierra de Teruel.*
2959. Christian Bobin — *La folle allure.*
2960. Nicolas Bréhal — *Le parfait amour.*
2961. Serge Brussolo — *Hurlemort.*
2962. Hervé Guibert — *La piqûre d'amour* et autres textes.
2963. Ernest Hemingway — *Le chaud et le froid.*
2964. James Joyce — *Finnegans Wake.*
2965. Gilbert Sinoué — *Le Livre de saphir.*
2966. Junichirô Tanizaki — *Quatre sœurs.*
2967. Jeroen Brouwers — *Rouge décanté.*
2968. Forrest Carter — *Pleure, Géronimo.*
2971. Didier Daeninckx — *Métropolice.*
2972. Franz-Olivier Giesbert — *Le vieil homme et la mort.*
2973. Jean-Marie Laclavetine — *Demain la veille.*
2974. J.M.G. Le Clézio — *La quarantaine.*
2975. Régine Pernoud — *Jeanne d'Arc.*
2976. Pascal Quignard — *Petits traités I.*
2977. Pascal Quignard — *Petits traités II.*
2978. Geneviève Brisac — *Les filles.*
2979. Stendhal — *Promenades dans Rome.*
2980. Virgile — *Bucoliques. Géorgiques.*
2981. Milan Kundera — *La lenteur.*
2982. Odon Vallet — *L'affaire Oscar Wilde.*
2983. Marguerite Yourcenar — *Lettres à ses amis et quelques autres.*
2984. Vassili Axionov — *Une saga moscovite I.*

2985.	Vassili Axionov	*Une saga moscovite II.*
2986.	Jean-Philippe Arrou-Vignod	*Le conseil d'indiscipline.*
2987.	Julian Barnes	*Metroland.*
2988.	Daniel Boulanger	*Caporal supérieur.*
2989.	Pierre Bourgeade	*Éros mécanique.*
2990.	Louis Calaferte	*Satori.*
2991.	Michel Del Castillo	*Mon frère l'Idiot.*
2992.	Jonathan Coe	*Testament à l'anglaise.*
2993.	Marguerite Duras	*Des journées entières dans les arbres.*
2994.	Nathalie Sarraute	*Ici.*
2995.	Isaac Bashevis Singer	*Meshugah.*
2996.	William Faulkner	*Parabole.*
2997.	André Malraux	*Les noyers de l'Altenburg.*
2998.	Collectif	*Théologiens et mystiques au Moyen Âge.*
2999.	Jean-Jacques Rousseau	*Les confessions (Livres I à IV).*
3000.	Daniel Pennac	*Monsieur Malaussène.*

Composition Traitext.
Impression Bussière Camedan Imprimeries
à Saint-Amand (Cher), le 22 septembre 1997.
Dépôt légal : septembre 1997.
Numéro d'imprimeur : 1/2555.
ISBN 2-07-040014-X./Imprimé en France.

84313